牧《ぼく》場《じょう》犬《けん》になったマヤ

なかよし兄弟《きょうだい》、子《こ》犬《いぬ》のいのちを救《すく》え！

中島《なかじま》 晶子《しょうこ》／作《さく》　つるみ ゆき／画《が》

ハート出版

◆もくじ◆

裕《ゆう》太《た》と啓《けい》太《た》

裕《ゆう》太《た》と啓《けい》太《た》は、小《しょう》学《がく》四《よ》年《ねん》生《せい》と一《いち》年《ねん》生《せい》の元《げん》気《き》いっぱいの兄《きょう》弟《だい》です。二《ふた》人《り》はお母《かあ》さんと三《さん》人《にん》で、小《ちい》さな団《だん》地《ち》の四《よん》階《かい》に住《す》んでいます。お父《とう》さんは、二《に》年《ねん》ほど前《まえ》にお母《かあ》さんと離《り》婚《こん》したので、住《す》んでいません。

お母《かあ》さんは二《ふた》人《り》を学《がっ》校《こう》に送《おく》り出《だ》したあと、仕《し》事《ごと》に出《で》かけ、毎《まい》日《にち》六《ろく》時《じ》ごろに帰《かえ》ってきます。

裕太《ゆうた》と啓太《けいた》はそれぞれ別々《べつべつ》に家《いえ》のカギを持《も》っています。二人《ふたり》は、家《いえ》に帰《かえ》るとまずカバンを置《お》いておやつを食《た》べ、すぐに外《そと》に遊《あそ》びに出《で》かけます。

このあたりは遊《あそ》ぶところがいっぱいあるので、「今日《きょう》はどこへ行《い》こうかな？」というのが、二人《ふたり》にとってとてもうれしい毎日《まいにち》の悩《なや》みです。

団地《だんち》の真《ま》ん中《なか》を大《おお》きくて広《ひろ》い道路《どうろ》が横切《よこぎ》っています。その道路《どうろ》は、大型《おおがた》トラックがすれ違《ちが》ってもぶつかる心配《しんぱい》がないほど広《ひろ》いのに、利用《りよう》するのは主《おも》に団地《だんち》の人《ひと》たちばかりなので、車《くるま》はそんなに多《おお》くありません。二人《ふたり》とも自転車《じてんしゃ》で風《かぜ》を切《き》って走《はし》ります。

春《はる》になると道路《どうろ》の両側《りょうがわ》に植《う》えられた桜《さくら》の木《き》たちが、小《ちい》さなピンクの花《はな》びらをいっせいに二人《ふたり》に降《ふ》らせます。裕太《ゆうた》の野球《やきゅう》ぼうにも、啓太《けいた》の青《あお》いセーターの肩《かた》にも……。

啓太《けいた》はお兄《にい》ちゃんに遅《おく》れまいと、一生《いっしょう》けんめいお兄《にい》ちゃんの自転車《じてんしゃ》のあとをついて行《い》きます。

「お兄《にい》ちゃん、待《ま》ってよ〜」

しかし裕太《ゆうた》は、啓太《けいた》の声《こえ》が聞《き》こえないのか、聞《き》こえないふりをしているのか、どんどん先《さき》に行《い》ってしまいます。

裕太《ゆうた》がこんなに急《いそ》いでいるのにはわけがあるのです。少《すこ》しでも早《はや》く公園《こうえん》の中《なか》にある野球場《やきゅうじょう》に着《つ》かないと、ほかのグループの男《おとこ》の子《こ》たちに先《さき》をこされてしまうからです。

急《いそ》いで急《いそ》いで走《はし》って走《はし》って、公園《こうえん》の門《もん》を通《とお》りぬけ、やっと野《や》球場《きゅうじょう》が見《み》えてきました。近《ちか》づくと、裕太《ゆうた》の友《とも》だちの孝一《こういち》君《くん》と正《ただし》君《くん》が野球場《やきゅうじょう》のまわりの芝生《しばふ》に座《すわ》っていました。

「やっぱり先《さき》こされちゃったよ」

正《ただし》君《くん》が言《い》いました。

「裕《ゆう》ちゃんどうする？　ぼくたちはここでほかのみんなを待《ま》ってるけど……」

孝《こう》一《いち》君《くん》たちは、いま野球《やきゅう》をしているグループがおわるのを待《ま》つつもりのようです。

「じゃあ、ぼくも！」

と裕太《ゆうた》が言《い》いかけたとき、

「お兄《にい》ちゃ～ん」

啓太《けいた》の声《こえ》がしました。息《いき》せき切《き》って啓太《けいた》がやっと追《お》いついたのです。

「お兄《にい》ちゃん、ひどいよ。全然《ぜんぜん》待《ま》ってくれないんだもん」

裕太《ゆうた》はため息《いき》をついて、二人《ふたり》に言《い》いました。

「ぼく、ダメだ。弟《おとうと》がついてきちゃったよ」

仕方《しかた》ありません。小《ちい》さい啓太《けいた》がいると、みんなボールを投《な》げるのにも気《き》をつかい、思《おも》いっきり楽《たの》しめないのです。

「じゃあ、またね」

「またね」

裕《ゆう》太《た》は残《ざん》念《ねん》そうにそう言《い》うと、公《こう》園《えん》をあとにしました。

「お兄《にい》ちゃん、どこに行《い》く？」

「どこでもいいよ」

裕《ゆう》太《た》はご機《き》嫌《げん》ななめです。啓《けい》太《た》が公《こう》園《えん》までついてきてしまったせいで、友《とも》だちと野《や》球《きゅう》ができなくなってしまったのですから……。

「じゃあさ、スノボーやろう！」

裕太《ゆうた》の気持《きも》ちなど、お構《かま》いなしで、啓太《けいた》が大《おお》きな声《こえ》で言《い》いました。

「またやるの？　スノボー。お前《まえ》この間《あいだ》もやったんだろ？　好《す》きだなあ～」

二人《ふたり》はさっそく団地《だんち》近《ちか》くのスーパーマーケットに向《む》かいました。スーパーの表玄関《おもてげんかん》ではなくて裏口《うらぐち》にまわります。めざすは裏口《うらぐち》のダンボール置《お》き場《ば》です。

「あるかな～、スノボー」

啓太《けいた》はウキウキ、とても楽《たの》しそうです。

スノボーとは段《だん》ボールのことで、段《だん》ボールをスノーボードかわりにして遊《あそ》ぶのです。でもスノーボードって雪《ゆき》の上《うえ》をすべる乗《の》りものですね。雪《ゆき》なんてどこにあるのでしょう。

「あった、あった」

啓太《けいた》は大喜《おおよろこ》び。でもよく見《み》るとちょっと大《おお》き過《す》ぎます。ちょうどいい大《おお》きさでないとすべりにくいのです。

「ちょっと大《おお》きすぎるよ」

裕太《ゆうた》が言《い》いました。そのときです。

「あれっ！　啓太《けいた》。また、段《だん》ボール？」

男《おとこ》の人《ひと》が二人《ふたり》のほうに向《む》かって歩《ある》いてきました。

「ああ、明《あきら》さん。こんにちは」

この店《みせ》で働《はたら》いている明《あきら》さんです。

「それじゃあ、大《おお》き過《す》ぎるだろう？　よし、ちょうどいい大《おお》きさにしてやるからな」

明《あきら》さんはそう言《い》いながら、ポケットからカッターを出《だ》し、とても器用《きよう》に段《だん》ボールを切《き》ってくれました。

「ほら！　ちょうど二人分《ふたりぶん》だ！」

あっという間《ま》に二人分《ふたりぶん》の、段《だん》ボール製《せい》のスノーボードができました。しかも、手《て》で持《も》つ部分《ぶぶん》は細《ほそ》めにカットしてあって、とても持《も》ちやすそうです。

「今度《こんど》またいるときは、いつでも俺《おれ》に言《い》えよ！　いつでもカットしてやるからな」

明《あきら》さんはそう言《い》いながら店《みせ》に入《はい》って行《い》きました。

「お前《まえ》、けっこう顔広《かおひろ》いなあ」

裕太《ゆうた》が言《い》いました。

「まあね」

啓太《けいた》はちょっと得意気《とくいげ》でした。

それから二人《ふたり》は段《だん》ボールを自転車《じてんしゃ》の荷台《にだい》に乗《の》せ、ロープでしっかり押《お》さえ、出発《しゅっぱつ》しました。

自転車《じてんしゃ》で五分《ごふん》も走《はし》ると橋《はし》が見《み》えてきます。その橋《はし》をわたるとすぐに右《みぎ》に曲《ま》がる道《みち》があります。人《ひと》と自転車《じてんしゃ》しか通《とお》れないその道《みち》は川《かわ》の土手《どて》になっています。車《くるま》は通《とお》れないので、安心《あんしん》してスピードをあげることができるのです。

川風《かわかぜ》が二人《ふたり》のほほをなでていきます。おひさまが川面《かわも》を照《て》らしキラキラと輝《かがや》いています。二人《ふたり》はぼうしをとばされないように頭《あたま》を押《お》さえながら、目的地《もくてきち》に向《む》かってペダルをこぎ続《つづ》けました。

「ああ、いるいる。もういっぱいだ！」

啓太《けいた》が大声《おおごえ》を出《だ》しました。川《かわ》の両側《りょうがわ》は河川敷《かせんじき》のグラウンドになっています。そこに降《お》りていく土手《どて》はすごい急坂《きゅうざか》になっていて、緑《みどり》の草《くさ》でおおわれています。

スノーボードのかわりは段《だん》ボール、雪《ゆき》のかわりにはこの一面《いちめん》の緑《みどり》の草《くさ》、二人《ふたり》はここで草《くさ》すべりをするため、スーパーに段《だん》ボールをもらいに行《い》ったのです。

二人《ふたり》は自転車《じてんしゃ》を止《と》めて、なるべく真《ま》っすぐな斜面《しゃめん》を探《さが》します。でこぼこしていると、下《した》までスーッとすべることができません。

裕太《ゆうた》と啓太《けいた》はそれぞれの段《だん》ボールのスノーボードに乗《の》って、下《した》まで一直線《いっちょくせん》にすべります。すべっては上《うえ》までのぼり、またすべります。何度《なんど》も何度《なんど》も……。明《あきら》さんが作《つく》ってくれたスノーボードは、先《さき》が細《ほそ》くなっていて、とても持《も》ちやすいのです。

何十回《なんじゅっかい》くらいすべったでしょうか、そろそろ陽《ひ》が傾《かたむ》きかけてきました。もう家《いえ》に帰《かえ》る時間《じかん》です。二人《ふたり》はボロボロになった段《だん》ボールを自転車《じてんしゃ》のカゴにつっこみ、家《いえ》へと帰《かえ》りました。

「楽《たの》しかったね、お兄《にい》ちゃん」

「ウン」

裕太《ゆうた》は野球《やきゅう》ができなかったくやしさをすっかり忘《わす》れていました。野球《やきゅう》はグラウンドがあくのを待《ま》っていなければなりません。でも草《くさ》すべりは段《だん》ボールさえあれば、いつでもできます。手軽《てがる》だし、何《なに》よりも楽《たの》しいのです。啓太《けいた》があんなに草《くさ》すべりをやりたがっているのがわかる気《き》がしました。

裕太《ゆうた》は、これからなるべく啓太《けいた》といっしょに遊《あそ》んであげようと心《こころ》に決《き》めました。

何《なに》かいる！

楽《たの》しい夏休《なつやす》みが始《はじ》まりました。でもお母《かあ》さんは「ああ、また夏休《なつやす》みか」と、ちょっとウンザリしています。二人《ふたり》が学校《がっこう》に行《い》っているほうが安心《あんしん》だからです。

そんなお母《かあ》さんとは対照的《たいしょうてき》に二人《ふたり》は大喜《おおよろこ》び、朝《あさ》から夕方《ゆうがた》まで真《ま》っ黒《くろ》になって遊《あそ》びまわっていました。

団地《だんち》のまわりには、公園《こうえん》やあき地《ち》や川《かわ》など遊《あそ》ぶ場所《ばしょ》がいっぱいあります。川向《かわむ》こうには、深《ふか》い森《もり》のような木々《きぎ》に囲《かこ》まれた神《じん》社《じゃ》もあります。一日《いちにち》じゅう、うるさいくらいにセミが鳴《な》いています。あんまり暑《あつ》い日《ひ》には、その神社《じんじゃ》の大《おお》きな木《き》の下《した》に自転車《じてんしゃ》を止《と》めて、ヒンヤリした風《かぜ》に吹《ふ》かれます。そんな日《ひ》は草《くさ》すべりはできません。草《くさ》も熱《あつ》くなっているからです。

その日《ひ》はめずらしくくもりがちでした。今日《きょう》は草《くさ》すべりができそうだと、二人《ふたり》はスーパーの裏《うら》に段《だん》ボールをもらいに行《い》きました。

「あのう、明《あきら》さんはいますか?」

荷物《にもつ》を運《はこ》んでいるおじさんに聞《き》きました。

「明《あきら》？　今日《きょう》は休《やす》みだなあ。何《なに》か用事《ようじ》？」

「ハイ、段《だん》ボールをもらいにきました」

おじさんは、「アア！」という顔《かお》をして、

「啓太君《けいたくん》とお兄《にい》ちゃんだね」

そう言《い》いながら段《だん》ボール置《お》き場《ば》をさしました。

「いいよ、あの小屋《こや》にあるから、好《す》きなのを持《も》っていっていいからね」

二人《ふたり》はおじさんにお礼《れい》を言《い》い、段《だん》ボール置《お》き場《ば》に行《い》きました。

段《だん》ボールを選《えら》んでいるとき、何《なに》か音《おと》が聞《き》こえました。小《ち》さな小《ちい》さな音《おと》です。こわれたたて笛《ぶえ》を吹《ふ》いているような音《おと》です。

「お兄《にい》ちゃん、何《なに》か聞《き》こえない？」

「シイッ！」

裕《ゆう》太《た》が人《ひと》さし指《ゆび》を口《くち》に当《あ》て、じっと聞《き》き耳《みみ》をたてました。啓《けい》太《た》もマネをしてダンボのように開《ひら》いた手《て》を当《あ》て、耳《みみ》をすませました。確《たし》かに聞《き》こえます。どうやら小《こ》屋《や》の外《そと》からのようです。

「子《こ》犬《いぬ》じゃないかな？　子《こ》犬《いぬ》の鳴《な》き声《ごえ》だよ」

裕《ゆう》太《た》が言《い》いました。

「ホントだ、声《こえ》だ！　鳴《な》き声《ごえ》だね」

啓《けい》太《た》の言《こと》葉《ば》も終《お》わらないうちに二《ふた》人《り》は小《こ》屋《や》をとび出《だ》しまし

た。あたりをキョロキョロ見《み》わたしました。すると、小屋《こや》と店《みせ》の建物《たてもの》との間《あいだ》の幅《はば》一《いち》メートルくらいの通路《つうろ》に、何《なに》か小《ちい》さな箱《はこ》が置《お》いてありました。

さっそく中《なか》をのぞいてみると、まあ、小《ちい》さなちいさなうす茶《ちゃ》色《いろ》の子犬《こいぬ》がふるえながら鳴《な》いていました。かわいそうに、まだお母《かあ》さんの胸《むね》に抱《だ》かれてオッパイを飲《の》んでいる時期《じき》の子犬《こいぬ》です。生《う》まれて二《に》〜三《さん》週間《しゅうかん》くらいでしょうか。ラクダ色《いろ》に似《に》た黄《き》色《いろ》がかったおうど色《いろ》の毛並《けなみ》はツヤツヤとして美《うつく》しく、栄養状態《えいようじょうたい》はいいようです。

箱《はこ》の中《なか》に新《あたら》しいタオルがしきつめられていたので、どこかの家《いえ》で飼《か》われていたのでしょう。

元《もと》の飼《か》い主《ぬし》がこの場所《ばしょ》に捨《す》てたのは、車《くるま》の通《とお》りがないのと建《たて》物《もの》と小屋《こや》の間《あいだ》で雨《あめ》にぬれないからだと思《おも》われます。

啓太《けいた》は子犬《こいぬ》をなでようと箱《はこ》の中《なか》に手《て》を入《い》れました。すると、その子犬《こいぬ》は啓太《けいた》の親指《おやゆび》をくわえてチューチュー吸《す》いはじめました。

「くすぐったいよ～」

指《ゆび》を子犬《こいぬ》の口《くち》から出《だ》そうとしたのですが、すごい勢《いきお》いで吸《す》いついていて離《はな》そうとしません。

「よっぽどおなかがすいているんだね～」

啓太《けいた》は指《ゆび》をくわえたままの子犬《こいぬ》を、もう片方《かたほう》の手《て》でかかえてそおーっと抱《だ》きました。子犬《こいぬ》はお母《かあ》さんの胸《むね》の中《なか》だと勘違《かんちが》いしたのか、やっと指《ゆび》を離《はな》してくれました。啓太《けいた》のうでに子犬《こいぬ》の心《しん》臓《ぞう》の音《おと》が伝《つた》わってきます。小《ちい》さいけれどしっかり波打《なみう》つ心臓《しんぞう》の音《おと》です。何《なん》だかとてもふしぎな気《き》がしました。こんなに小《ちい》さいのに、ちゃんとあたたかくて、息《いき》づかいまでしっかり啓太《けいた》のうでに感《かん》じるのですから。

「ぼくにも抱《だ》かせて！」

裕太《ゆうた》が抱《だ》きました。子犬《こいぬ》は、またお母《かあ》さんと勘違《かんちが》いしたのか、裕太《ゆうた》のおなかとヒジの間《あいだ》の少《すこ》しのすき間《ま》に一生《いっしょう》けんめい頭《あたま》を突《つ》っこもうとしています。お母《かあ》さんの乳首《ちくび》を探《さが》しているのでしょうか、おしりからチョコンととび出《で》た小《ちい》さな小《ちい》さなシッポがヒョコヒョコ右《みぎ》へ左《ひだり》へ動《うご》いています。

「お兄《にい》ちゃん、どうする?」

「どうするって、連《つ》れて帰《かえ》るわけいかないだろう? だってウチ団地《だんち》だもん。犬飼《いぬか》っちゃいけないって決《き》まってるしさ〜」

「誰《だれ》か飼《か》ってくれる人《ひと》いないかなあ」

「無理《むり》だよ。友《とも》だちみんな団地《だんち》に住《す》んでるし」

裕太《ゆうた》は元気《げんき》なく言《い》うと抱《だ》いていた子犬《こいぬ》を、元《もと》の箱《はこ》へ戻《もど》そうとしました。そのときです。

「お兄《にい》ちゃん、とにかくミルクだけでもあげようよ。だってこんなにおなかすかせているんだもん。かわいそうだよ。ミルクあげたら、また、ここに返《かえ》しにこようよ」

啓太《けいた》がパッと顔《かお》を輝《かがや》かせて言《い》ったのです。

「ウン、そうしよう」

裕太《ゆうた》もホッとした顔《かお》で賛成《さんせい》しました。裕太《ゆうた》は抱《だ》いていた子犬《こいぬ》を啓太《けいた》のうでに返《かえ》し、そのかわりに大《おお》きめの段《だん》ボールをうでにかかえ、啓太《けいた》といっしょに歩《ある》き出《だ》しました。こうすれば店《みせ》の人《ひと》と出会《であ》っても、段《だん》ボールでかくれて子犬《こいぬ》は見《み》えません。

二人《ふたり》は静《しず》かに、でも早足《はやあし》で小屋《こや》を出《で》て、さっきのおじさんがいた荷物置《にもつお》き場《ば》の前《まえ》を通《とお》り過《す》ぎました。どうやらおじさんは店《みせ》に入《はい》っていったようで誰《だれ》もいませんでした。ラッキーです。

あっという間《ま》に、裏口《うらぐち》から自転車《じてんしゃ》をとめていた表通《おもてどお》りに出《で》ました。段《だん》ボールを小《ちい》さく折《お》りたたみ啓太《けいた》の自転車《じてんしゃ》の荷台《にだい》にロープでしっかりくくりつけました。裕太《ゆうた》の自転車《じてんしゃ》のカゴには子犬《こいぬ》を乗《の》せました。裕太《ゆうた》は着《き》ていた半《はん》そでシャツを脱《ぬ》ぎ、そっと子《こ》犬《いぬ》をくるみました。

二人《ふたり》は子犬《こいぬ》を驚《おどろ》かさないように、なるべく静《しず》かに自転車《じてんしゃ》をこいで、急《いそ》いで家《いえ》に帰《かえ》りました。

どうしよう

家《いえ》に着《つ》くと、さっそくボロ布《ぬの》を押入《おしい》れから出《だ》し、おかしの入《はい》っていた深《ふか》めの箱《はこ》にしきつめて、子犬《こいぬ》をそこに入《い》れました。子犬《こいぬ》は落《お》ち着《つ》かないようすでクンクンにおいをかいでいます。啓太《けいた》が子犬《こいぬ》の体《からだ》をなでて安心《あんしん》させている間《あいだ》に、裕太《ゆうた》が牛乳《ぎゅうにゅう》をあたためました。レンジから牛乳《ぎゅうにゅう》の入《はい》ったコップを取《と》り出《だ》したあと、「しまった！」という顔《かお》をして裕太《ゆうた》がつぶやきました。

「ほ乳《にゅう》ビンがない！」

「ホニュービン？」

啓太《けいた》が聞《き》きました。

「そう、まだこんなに小《ちい》さいもの、お皿《さら》からじゃ飲《の》めないよ」

二人《ふたり》ともだまってしまいました。どこに行《い》けば買《か》えるのでしょう。薬屋《くすりや》さんだったら売《う》っているかもしれません。でも二《ふた》人《り》にはそんなお金《かね》はありません。何《なに》かかわりになるものはないかな？　二人《ふたり》は一生《いっしょう》けんめいに考《かんが》えました。

「そうだ！」

そう言《い》うと、啓太《けいた》はゴミ箱《ばこ》の中《なか》を探《さが》しはじめました。

「あった！」

啓太《けいた》はゴミ箱《ばこ》から見《み》つけたプラスチックの容器《ようき》を流《なが》しで洗《あら》い、「ホラ！」と裕太《ゆうた》の前《まえ》にさし出《だ》しました。それは朝飲《あさの》んだ乳酸菌飲料《にゅうさんきんいんりょう》のあき容器《ようき》でした。

「だけどさあ……」

裕太《ゆうた》がため息《いき》まじりに言《い》いました。

「吸《す》い口《くち》がないよな～」

「あ、そうか～」

二人《ふたり》とも、また考《かんが》えこんでしまいました。

「そうだ、ちょっと待《ま》ってて！」

そう言《い》うと、裕太《ゆうた》はものすごい勢《いきお》いで、家《いえ》をとび出《だ》して行《い》きました。啓太《けいた》が四階《よんかい》にある家《いえ》の窓《まど》から下《した》を見《み》ていると、裕太《ゆうた》が階段口《かいだんぐち》から出《で》てきたと思《おも》うとすぐ自転車《じてんしゃ》にとび乗《の》り、学校《がっこう》のほうに走《はし》って行《い》くのが見《み》えました。ものすごいスピードです。いったい裕太《ゆうた》はどこに行《い》くのでしょうか？

裕太《ゆうた》の帰《かえ》りを待《ま》っている間《あいだ》、啓太《けいた》は自分《じぶん》の指《ゆび》を牛乳《ぎゅうにゅう》にひたし、子犬《こいぬ》の口元《くちもと》にもっていきました。子犬《こいぬ》は啓太《けいた》の指《ゆび》をペロペロとなめました。何回《なんかい》かくり返《かえ》しましたが、これではキリがありません。そのときです。

「ただいま～」

裕太《ゆうた》が帰《かえ》ってきました。玄関《げんかん》でクツを脱《ぬ》ぐのももどかしそうに、急《いそ》いでコップが置《お》いてあるテーブルに向《む》かいました。そして、プラスチックのあき容器《ようき》に牛乳《ぎゅうにゅう》を入《い》れ、オレンジ色《いろ》の先《さき》が丸《まる》くなった細《ほそ》いつつのようなものをかぶせました。先《さき》っぽに針《はり》で穴《あな》をあけ、ギュッ！と容器《ようき》を押《お》しましたが、穴《あな》が小《ちい》さいのか、牛乳《ぎゅうにゅう》は出《で》てきません。

「お兄《にい》ちゃん、これはどう？」

啓太《けいた》が持《も》ってきたのはコンパスでした。コンパスのしんでついて、穴《あな》を大《おお》きくしました。今度《こんど》こそ大丈夫《だいじょうぶ》そうです。子犬《こいぬ》はゴクゴクッと部屋《へや》じゅうに聞《き》こえるような大《おお》きな音《おと》をたてて、牛乳《ぎゅうにゅう》を飲《の》みはじめました。あんまり急《いそ》いで飲《の》んで疲《つか》れてしまったのか、途中《とちゅう》、何回《なんかい》も飲《の》むのをやめて、フウフウと息《いき》つぎをしました。

そのようすがあんまりかわいくて、二人《ふたり》とも笑《わら》いながら子犬《こいぬ》が牛乳《ぎゅうにゅう》を飲《の》み終《お》わるまで静《しず》かに見守《みまも》ってあげました。

「お兄《にい》ちゃん、このオレンジ色《いろ》の何《なに》？」

啓太《けいた》が聞《き》くと、裕太《ゆうた》がすまして答《こた》えます。

「ああ、これね。指《ゆび》サック」

「指《ゆび》サック？　何《なに》？　それ」

啓太《けいた》の質問《しつもん》に、裕太《ゆうた》は得意気《とくいげ》に答《こた》えます。

「ほら、職員室《しょくいんしつ》でさぁ、先生《せんせい》が指《ゆび》にはめてテスト用紙《ようし》をめくるときに使《つか》っているヤツだよ」

「えっ！　学校《がっこう》まで行《い》ってきたの？」

啓太《けいた》はビックリしました。

「ちがう、ちがう。夏休《なつやす》みなのに学校《がっこう》が開《あ》いているわけないだろ？　高橋商店《たかはししょうてん》に行《い》ってきたのさ」

高橋商店《たかはししょうてん》というのは、二人《ふたり》の通《かよ》っている小学校《しょうがっこう》の正門《せいもん》のすぐ横《よこ》にある、とても小《ちい》さな文房具屋《ぶんぼうぐや》さんです。

「へぇ〜、すごい！　あんなとこまで行《い》ってたんだ〜」

啓太《けいた》はちょっと尊敬《そんけい》のまなざしで裕太《ゆうた》を見《み》ました。裕太《ゆうた》はますます得意《とくい》になって説明《せつめい》しました。

「ほら、指《ゆび》サックをこうして裏返《うらがえ》すとさ、ツルツルだろ？　でも、大《おお》きさもいろいろあるんだ。ちょうどいいのを選《えら》ぶのむずかしいんだよ。それにたった一個《いっこ》だけだと、なかなか売《う》ってくれなくて……」

「ふ～ん。でさぁ、どの道《みち》を行《い》ったの？　どう行《い》けばこんなに早《はや》く帰《かえ》れるの？」

裕太《ゆうた》の話《はなし》の最後《さいご》をさえぎるように啓太《けいた》が質問《しつもん》します。どうやら啓太《けいた》にとっては、指《ゆび》サックを思《おも》いついたことより、高橋商店《たかはししょうてん》まで行《い》ってこんなに早《はや》く帰《かえ》ってきたことのほうが、ものすごいことなのでした。そんな二人《ふたり》の話《はな》し声《ごえ》を「こもりうた」とでも勘違《かんちが》いしているのか、箱《はこ》の中《なか》で子犬《こいぬ》はスヤスヤと眠《ねむ》っています。二人《ふたり》は子犬《こいぬ》を見《み》て、次《つぎ》におたがいの顔《かお》を見《み》てフーッとため息《いき》をつきました。もう少《すこ》ししたら、さっきの場所《ばしょ》に返《かえ》さなくてはいけません。

「ねぇ、机《つくえ》の下《した》にかくしとこうよ……」

啓太《けいた》が涙声《なみだごえ》で言《い》いました。

「啓太《けいた》、ぼくだって家《いえ》に置《お》いときたいよ。でもさぁ、こんなせまい家《いえ》の中《なか》でお母《かあ》さんが気《き》づかないはずないだろ?」

そう言《い》われたら、啓太《けいた》もあきらめざるをえません。

裕太《ゆうた》はいつも使《つか》っているスポーツバッグに新聞紙《しんぶんし》をしきつめ、その上《うえ》にタオルを何枚《なんまい》も重《かさ》ねました。箱《はこ》の中《なか》からそっと子《こ》犬《いぬ》を抱《だ》きあげ、バッグの中《なか》に寝《ね》かせました。気持《きも》ちよく寝《ね》ていた子犬《こいぬ》は急《きゅう》に起《お》こされて、一瞬《いっしゅん》ビクッと体《からだ》をふるわせましたが、バッグに入《い》れるとタオルのやわらかさで安心《あんしん》したのか、また、すやすやと眠《ねむ》りはじめました。

「啓太《けいた》はこなくてもいいよ」

「どうして？　ぼくも行《い》くよ。最後《さいご》のお別《わか》れしたいもん。ぼくもいっしょに行《い》くよ」

裕太《ゆうた》は意地悪《いじわる》でそう言《い》ったのではありませんでした。一人《ひとり》で行《い》ったほうが目立《めだ》たないと思《おも》ったからです。

裕太《ゆうた》はバッグを持《も》ち、啓太《けいた》はおかし箱《ばこ》を持《も》ち、とぼとぼと家《いえ》のドアを閉《し》め、四階《よんかい》から一階《いっかい》の階段口《かいだんぐち》まで降《お》りていきました。バッグを自転車《じてんしゃ》のカゴに入《い》れ、一〇《じゅっ》センチくらい残《のこ》してファスナーを閉《し》めました。裕太《ゆうた》が先《さき》に、啓太《けいた》はその後《うし》ろを、自転車《じてんしゃ》をこいでスーパーに向《む》かいました。

いつもはピューピュー風《かぜ》を切《き》って走《はし》るのに、このときばかりは二人《ふたり》とものろのろのろのろ走《はし》りました。でも、どんなにゆっくり走《はし》っても、スーパーは団地《だんち》の入口《いりぐち》にあるので、すぐに着《つ》いてしまいます。

自転車《じてんしゃ》をとめ、タオルで巻《ま》いた子犬《こいぬ》をおかし箱《ばこ》にそっと入《い》れ、二人《ふたり》は元気《げんき》なくさっきの通路《つうろ》まで歩《ある》いていきました。

「ごめんね……」

啓太《けいた》がポロポロ涙《なみだ》をこぼして子犬《こいぬ》に話《はな》しかけました。裕太《ゆうた》は啓太《けいた》からおかし箱《ばこ》を受《う》け取《と》ると、そっと元《もと》のところへ置《お》きました。そのときです。

「あんたたち、何《なに》してんの！」

見知《みし》らぬおばさんが二人《ふたり》の後《うし》ろに立《た》っていました。おばさんは恐《おそ》ろしい顔《かお》をして二人《ふたり》のところに近《ちか》づいてきました。そして箱《はこ》をのぞいて言《い》いました。

「やっぱり！」

二人《ふたり》とも、思《おも》わずあとずさりしました。

「だめでしょう！　こんなところに捨《す》てちゃ〜」

さっきまで啓太《けいた》をなぐさめていた裕太《ゆうた》も、あんまり恐《おそ》ろしい顔《かお》して怒《おこ》っているおばさんを見《み》て、何《なに》も言《い》えずにつっ立《た》ったままです。

「ぼくたち捨《す》ててません！」

啓太《けいた》が勇気《ゆうき》を出《だ》して、おばさんに言《い》い返《かえ》しました。

「捨《す》ててるじゃないの。あんたたちの犬《いぬ》でしょ、この犬《いぬ》」

裕太《ゆうた》も負《ま》けずにおばさんに言《い》いました。

「違《ちが》うんです。さっき、ここでこの犬《いぬ》を見《み》つけて、あんまりおなかをすかせていたので、牛乳《ぎゅうにゅう》を飲《の》ませただけです。だってぼくたちの家《いえ》団地《だんち》だから犬《いぬ》飼《か》えないし……。だから、だから……」

あとは言葉《ことば》になりません。啓太《けいた》はベソをかいています。裕太《ゆうた》はお兄《にい》ちゃんなので泣《な》くわけにいかず、グッとくちびるをかみしめるだけです。

おばさんは二人《ふたり》のようすをしばらく見《み》ていました。

「どうやら本当《ほんとう》みたいだね〜。ごめんね、前《まえ》にもここに犬《いぬ》を捨《す》てってった人《ひと》がいてねぇ、またか〜と思《おも》ったもんだから」

そう言《い》うと、おばさんは二人《ふたり》の顔《かお》をのぞきこみました。

「大丈夫《だいじょうぶ》？」

今度《こんど》はやさしい声《こえ》で二人《ふたり》に話《はな》しかけました。本当《ほんとう》はやさしい人《ひと》のようです。おばさんは箱《はこ》の横《よこ》にしゃがんで箱《はこ》の中《なか》をジッと見《み》ました。

「こんなかわいいのにねぇ……。人間《にんげん》に生《う》まれていたら、捨《す》てられたりしないのに……」

さっきの恐《おそ》ろしい顔《かお》のおばさんとは別人《べつじん》のようでした。そして二人《ふたり》を見《み》てニコッと笑《わら》い、

「じゃ〜、あんたたちもう帰《かえ》りなさい」

そう言《い》うと、立《た》ち上《あ》がって店《みせ》のほうへ行《い》こうとしました。そ

の背中《せなか》に向《む》かって啓太《けいた》が聞《き》きます

「おばさん、この子犬《こいぬ》どうなるの？」

「そうね、たぶん店《みせ》の人《ひと》が保健所《ほけんじょ》に連絡《れんらく》すると思《おも》うけど……」

ホケンジョ？　ホケンジョって何《なん》だろう？

「おばさん、ホケンジョって？」

「そうねえ、ウ～ン、あ、ぼくたち学校《がっこう》でおなか痛《いた》くなったら保健室《ほけんしつ》行《い》くでしょ？　あの保健室《ほけんしつ》が大《おお》きくなったと考《かんが》えればいいかな」

啓太《けいた》の顔《かお》がパッと輝《かがや》きました。

「そうか、その保健所《ほけんじょ》の人《ひと》が、この子犬《こいぬ》守《まも》ってくれるんだね。

そうなんだ……」

あんまりうれしそうな啓太《けいた》の顔《かお》を見《み》て、おばさんは目《め》をふせて小《ちい》さな声《こえ》で言《い》いました。

「それがねぇ〜、その反対《はんたい》なの。処分《しょぶん》されると思《おも》うのよねえ、たぶん……」

裕太《ゆうた》が、自分《じぶん》でもビックリするほど、大《おお》きな声《こえ》をあげました。

「処分《しょぶん》って、殺《ころ》されちゃうってこと？　ウソでしょう？　こんなに小《ちい》さいのに、何《なん》にも悪《わる》いことしてないのに、どうして殺《ころ》されちゃうの？」

「そんなのダメだよぅ〜！」

啓太《けいた》が大声《おおごえ》で泣《な》いてしまいました。おばさんは困《こま》った顔《かお》して、一生《いっしょう》けんめい、啓太《けいた》をなだめました。

「仕方《しかた》ないのよ。今《いま》は小《ちい》さくても、そのうち大《おお》きくなるでしょ？のら犬《いぬ》が増《ふ》えたらみんな困《こま》るでしょう。悪《わる》いのはこんなかわいい子犬《こいぬ》を捨《す》ててしまう人《ひと》なの！　さあ、二人《ふたり》とも、言《い》うこと聞《き》いて、もう帰《かえ》りなさい」

おばさんはそう言《い》うと、店《みせ》の入口《いりぐち》のほうに歩《ある》いていきました。きっと店《みせ》の人《ひと》に、この子犬《こいぬ》のことを知《し》らせるのでしょう。そうすると、店《みせ》の人《ひと》は保健所《ほけんじょ》に連絡《れんらく》してしまいます。保健所《ほけんじょ》の人《ひと》がやってくれば、この子犬《こいぬ》は、生《う》まれて間《ま》もないのに、こんなに小《ちい》さいのに、殺《ころ》されてしまうのです。裕太《ゆうた》と啓太《けいた》は顔《かお》を見合《みあ》わせました。

「どうしようお兄《にい》ちゃん。殺《ころ》されちゃう！」

啓太《けいた》はほほに涙《なみだ》のスジを何本《なんぼん》も光《ひか》らせながら言《い》いました。

「連《つ》れて帰《かえ》ろう。ここに置《お》いといたら殺《ころ》されちゃう。そんなことできないよ。啓太《けいた》、連《つ》れて帰《かえ》ろう！」

言《い》うが早《はや》いか、裕太《ゆうた》は箱《はこ》を抱《だ》きかかえ、二人《ふたり》は急《いそ》いで自転車《じてんしゃ》をとめておいた場所《ばしょ》に走《はし》って戻《もど》りました。また、バッグに子犬《こいぬ》を入《い》れ、箱《はこ》はつぶして啓太《けいた》の自転車《じてんしゃ》のカゴに入《い》れ、あとはいちもくさん、とぶように家《いえ》へ帰《かえ》りました。

「お兄《にい》ちゃん、ちゃんとカギかけた？」

家《いえ》へ着《つ》くなり、啓太《けいた》が裕太《ゆうた》に聞《き》きました。

「大丈夫《だいじょうぶ》！　ちゃんとかけたから」

まだ心臓《しんぞう》がドキドキ波打《なみう》ってます。こんなに恐《おそ》ろしい思《おも》いをして逃《に》げたのは初《はじ》めてです。そんな二人《ふたり》のハラハラドキドキなんて全然《ぜんぜん》関係《かんけい》ないといったようすで、子犬《こいぬ》はスヤスヤ気持《きも》ちよさそうに眠《ねむ》っています。

「ノンキだなあ、このチビ。ぼくたち命《いのち》がけでお前《まえ》のこと守《まも》ったんだぞ」

啓太《けいた》がそう言《い》いながら、バッグの中《なか》から子犬《こいぬ》を出《だ》して胸《むね》に抱《だ》きました。子犬《こいぬ》は今《いま》まで寝《ね》ていたのに急《きゅう》に起《お》こされ、パチッと目《め》を開《あ》けたかと思《おも》うと、啓太《けいた》の指《ゆび》をペロペロなめはじめました。二人《ふたり》はなんだか、弱《よわ》い者《もの》を助《たす》けた正義《せいぎ》の味方《みかた》になったような気《き》がしました。

でも、そう思《おも》えるのも今《いま》だけ。お母《かあ》さんが帰《かえ》ってきてこの子《こ》犬《いぬ》を見《み》たら大目玉《おおめだま》でしょう。正義《せいぎ》の味方《みかた》なんて言《い》っていられなくなるのは目《め》に見《み》えています。そのことを考《かんが》えただけで暗《くら》い気《き》持《も》ちになってしまいます。それでもやっぱり、この子犬《こいぬ》の命《いのち》を助《たす》けた喜《よろこ》びで、二人《ふたり》はとても幸《しあわ》せな気《き》持《も》ちになっていました。

マヤを守《まも》れ！

それからしばらくして、子犬《こいぬ》はまたおなかがすいたのか、クウクウ鳴《な》きはじめました。二回目《にかいめ》のオッパイは啓太《けいた》があげました。そのあと子犬《こいぬ》は安心《あんしん》したのか、オシッコもウンチもいっぱいしました。二人《ふたり》は協力《きょうりょく》して、タオルも新聞紙《しんぶんし》も新《あたら》しいのに取《と》りかえました。とてもくさかったのですが、がまんしました。

「ぼくたちが赤《あか》ちゃんだったとき、こうしてお母《かあ》さんも、ぼくたちのウンチやオシッコのあとしまつしたのかなぁ?」

啓太《けいた》が言《い》うと、

「そりゃそうだよ。ぼくとお前《まえ》と二人分《ふたりぶん》な。ちょっと考《かんが》えたくないけど……」

裕太《ゆうた》はそう言《い》いながら、汚《よご》れたタオルや新聞紙《しんぶんし》をビニール袋《ぶくろ》にギューギュー押《お》しこみました。

「お兄《にい》ちゃん、この子犬《こいぬ》に名前《なまえ》つけてあげようよ」

啓太《けいた》はどんな名前《なまえ》にしようかとワクワクしています。

「もちろん、マヤさ」

裕太《ゆうた》は自信《じしん》たっぷりです。

「そうか、そうだね。マヤだ、マヤにしよう」

啓太《けいた》がマヤという名前《なまえ》にすぐ賛成《さんせい》したのには、実《じつ》はわけがあるのです。裕太《ゆうた》は国語《こくご》の教科書《きょうかしょ》にのっていた「マヤの一生《いっしょう》」という、有名《ゆうめい》な童話作家《どうわさっか》が書《か》いた物語《ものがたり》が大好《だいす》きで、啓太《けいた》によくこのお話《はなし》をしていたのです。二人《ふたり》とも心《こころ》の奥《おく》で、もし犬《いぬ》を飼《か》えたら名前《なまえ》はマヤにしようと、思《おも》い続《つづ》けていたのです。

しかし、楽《たの》しい時間《じかん》はいつまでも続《つづ》きません。そうです。もうすぐお母《かあ》さんが帰《かえ》ってくるのです。

窓《まど》から下《した》の道路《どうろ》を見《み》はっていた裕太《ゆうた》が合図《あいず》すると、すかさず啓太《けいた》がマヤの入《はい》っている箱《はこ》を机《つくえ》の下《した》にかくしました。幸《さいわ》いマヤはぐっすり眠《ねむ》っています。お母《かあ》さんの足音《あしおと》がだんだん近《ちか》づいてきて、ドアの前《まえ》で音《おと》がやみました。

「おかえり！」

そう言《い》いながら裕太《ゆうた》は静《しず》かにドアを開《あ》け、静《しず》かに閉《し》めました。団地《だんち》の家《いえ》のドアを開《あ》け閉《し》めする音《おと》は思《おも》った以上《いじょう》にうるさいのです。マヤが起《お》きたら大変《たいへん》です。

「どうしたの？　今日《きょう》はやけにやさしいのね〜」

お母《かあ》さんはビックリしています。

「たまたま、玄関《げんかん》の前《まえ》にいただけだよ」

裕太《ゆうた》は作《つく》り笑《わら》いをしていますが、その裕太《ゆうた》の顔《かお》を、さぐるような目《め》で見《み》ていたお母《かあ》さんはとりあえずニッと笑《わら》って、すぐにベランダに向《む》かいました。お母《かあ》さんが毎日《まいにち》帰《かえ》ったら一番《いちばん》にすることは、洗《せん》たくものの取《と》り入《い》れです。ベランダのサッシ戸《ど》を開《あ》けようとしたとき、何《なに》かいつもと違《ちが》うニオイがすることに気《き》がつきました。

「ウン？　何《なに》かにおわない？」

お母《かあ》さんは鼻《はな》をシュンシュンと動《うご》かしています。裕太《ゆうた》も啓太《けいた》もドキッとしました。さっき箱《はこ》の中《なか》でマヤがオシッコをしたのはこの部屋《へや》だったからです。もしかして箱《はこ》からもれて、床《ゆか》のカーペットを汚《よご》したのかもしれません。

「エッ！　そ、そうかなあ、何《なん》にも感《かん》じないけどなあ」

いつの間《ま》にか子供部屋《こどもべや》から出《で》てきていた啓太《けいた》も、お母《かあ》さんの注意《ちゅうい》をひきます。

「それより、おなかすいちゃったよ。早《はや》くごはんにしてよう」

「ハイハイ」

お母《かあ》さんは急《いそ》いでベランダに出《で》ました。二人《ふたり》はホッとして顔《かお》を見合《みあ》わせました。お母《かあ》さんは取《と》り入《い》れた洗《せん》たくものをソファーにかけ、夕《ゆう》ごはんのしたくにかかります。ごはんがすんでから、ゆっくりと洗《せん》たくものをたたむのです。

台所《だいどころ》からおいしそうなにおいがしてきました。二人《ふたり》は気《き》が気《き》ではありません。マヤが起《お》きてしまうかもしれないからです。

「二人《ふたり》とも、ごはんができたわよ〜」

お母《かあ》さんの声《こえ》にもドキドキしてしまいます。

「早《はや》く食《た》べないと、早《はや》く食《た》べないと……」

二人《ふたり》の頭《あたま》にはそのことだけがグルグルと回《まわ》っています。食《た》べはじめて一〇分《じゅっぷん》もたたないうちに、

「ごちそうさま！」

と、啓太《けいた》が食事《しょくじ》を終《お》えました。お母《かあ》さんがビックリして啓太《けいた》を見《み》ました。いつもはグズグズ一番《いちばん》遅《おそ》くまで食《た》べている啓太《けいた》がどうしたことでしょう？　お母《かあ》さんはキツネにつままれたよう

な顔《かお》をしています。

「どうしちゃったのかしら。いつも今日《きょう》みたいにサッサと食《た》べてくれると助《たす》かるけど……」

お母《かあ》さんの言葉《ことば》に、裕太《ゆうた》は、

「ウン、そうだね」

と答《こた》えながら、どこか落《お》ち着《つ》きがありません。

裕太《ゆうた》もさっさと食《た》べ終《お》わると、自分《じぶん》の食器《しょっき》を流《なが》しに持《も》って行《い》き、スッと子供部屋《こどもべや》に戻《もど》りました。

お母《かあ》さんは一人取《ひとりと》り残《のこ》され、おちゃわんを持《も》ったまま、首《くび》をかしげてつぶやきました。

「ウーン、あやしい！」

子供部屋《こどもべや》では、二人《ふたり》が作戦会議《さくせんかいぎ》をしていました。

「二人《ふたり》ともずっとここにいたらお母《かあ》さんあやしむからさ、交替《こうたい》で見《み》ていようよ」

裕太《ゆうた》が提案《ていあん》すると、

「ウン、わかった！」

と、啓太《けいた》は急《いそ》いで居間《いま》にいき、テレビを見《み》ることにしました。

裕太《ゆうた》は机《つくえ》の下《した》のマヤの見《み》はりです。

一時間《いちじかん》がたちました。選手交替《せんしゅこうたい》です。食事《しょくじ》のあと片《かた》づけが終《お》わったお母《かあ》さんは、お風呂《ふろ》がわく時間《じかん》を利用《りよう》して、ソファーに座《すわ》って洗《せん》たくものをたたんでいます。交替《こうたい》した裕太《ゆうた》は、そんなお母《かあ》さんを見《み》ながら気《き》が気《き》ではありません。たたみ終《お》わった洗《せん》たくものをお母《かあ》さんが子供部屋《こどもべや》に持《も》っていくからです。テレビを見《み》ながらもチラチラ、お母《かあ》さんを、イヤ、洗《せん》たくものを見《み》てしまいます。

「な～に？　さっきから何《なん》なの？」

お母《かあ》さんが聞《き》きました。

「イヤ、それ、ぼく、部屋《へや》に持《も》っていこうかと思《おも》って、その洗《せん》たくもの……」

「えっ！」

お母《かあ》さんは目《め》を真《ま》ん丸《まる》くして裕太《ゆうた》を見《み》つめています。いつもテレビに夢中《むちゅう》で、何度《なんど》言《い》ってもその辺《へん》に置《お》きっぱなし。仕方《しかた》なくお母《かあ》さんが子供《こども》部屋《べや》に持《も》っていくのが日常《にちじょう》なんですから……。

そのときです。子供《こども》部屋《べや》のフスマが開《ひら》いて啓太《けいた》が出《で》てきたと思《おも》うと、

「お母《かあ》さん、ぼくお風呂《ふろ》に入《はい》るから……」

突然《とつぜん》、信《しん》じられない言葉《ことば》を言《い》いました。

「えーっ！」

お母《かあ》さんの目《め》はますます真《ま》ん丸《まる》くなりました。そう言《い》えばこ

の時間《じかん》は啓太《けいた》もテレビに夢中《むちゅう》で、何度言《なんどい》ってもなかなか風呂《ふろ》に入《はい》ろうとしないのです。それどころか、その前《まえ》のアニメ番組《ばんぐみ》のときも啓太《けいた》は子供部屋《こどもべや》にいました。あれほど楽《たの》しみにしている番組《ばんぐみ》も見《み》ずに子供部屋《こどもべや》にいるなんて……

「ウーン、あやしい……」

お母《かあ》さんの疑問《ぎもん》は頂点《ちょうてん》に達《たっ》しました。

「あんたたち、何《なに》かかくしてるわね。あんたたちの部屋《へや》に何《なに》かあるのね！」

キッ！と恐《こわ》い顔《かお》してお母《かあ》さんが二人《ふたり》をにらみました。思《おも》わず二人《ふたり》ともあとずさりしました。

そのときです。電話《でんわ》がかかってきました。台所《だいどころ》のテーブルの横《よこ》に電話《でんわ》があるので、お母《かあ》さんはソファーから立《た》ち上《あ》がり、台《だい》所《どころ》に行《い》きました。

さあ、チャンスです。

お母《かあ》さんが電話《でんわ》している間《あいだ》に二人《ふたり》はソォ〜ッと、机《つくえ》の下《した》からマヤを入《い》れた箱《はこ》を出《だ》し、隣《となり》のお母《かあ》さんの部屋《へや》のベッドの下《した》にかくしました。そして、ソォ〜ッとフスマを閉《し》めると、何食《なにく》わぬ顔《かお》をしてテレビの前《まえ》に座《すわ》りました。電話《でんわ》が終《お》わったお母《かあ》さんがクルリと後《うし》ろを振《ふ》り向《む》いたときには、二人《ふたり》とも、ずっとここにいたという顔《かお》をして座《すわ》っていました。

「とにかく部屋《へや》を調《しら》べます！」

お母《かあ》さんはズカズカと二人《ふたり》の部屋《へや》に入《はい》って行《い》きました。そしてロッカーにも引《ひ》き出《だ》しも本《ほん》だなも全部《ぜんぶ》調《しら》べましたが、何《なに》も見《み》つかりません。

「ね、なんにもないでしょ。ぼくたちなんにもかくしてなんかいないよ」

二人《ふたり》とも口《くち》をそろえて言《い》いました。表面《ひょうめん》は平気《へいき》な顔《かお》をしていましたが、本当《ほんとう》は二人《ふたり》とも、心臓《しんぞう》がパンクしまうのではないかとハラハラしていたのです。お母《かあ》さんはまだ納得《なっとく》できない顔《かお》で、二人《ふたり》の顔《かお》をかわるがわる見《み》ています。

「まだあやしいんだけど……」

お母《かあ》さんはそう言《い》いながら、残《のこ》りの洗《せん》たくものをたたみはじめました。

裕《ゆう》太《た》にはまだ大《おお》仕《し》事《ごと》が残《のこ》っていました。マヤをお母《かあ》さんの部《へ》屋《や》から子《こ》供《ども》部《べ》屋《や》へ戻《もど》さなければならないのです。

そのタイミングは、啓《けい》太《た》が入《にゅう》浴《よく》中《ちゅう》でかつ、お母《かあ》さんが洗《せん》たくを終《お》え、ベランダに出《で》たときしかありません。裕《ゆう》太《た》は、テレビを見《み》ながらそのタイミングをうかがっていましたが、いつお母《かあ》さんがベランダに出《で》るか気《き》になって、番《ばん》組《ぐみ》の内《ない》容《よう》などさっぱりわからないくらいでした。

やっとそのときがきました。お母《かあ》さんが洗《あら》い終《お》わった洗《せん》たくものが入《はい》ったカゴを持《も》ち、ベランダに出《で》たのです。

そのすきに裕太《ゆうた》は、急《いそ》いでマヤを子供部屋《こどもべや》に戻《もど》しました。

ちょうどそのとき、啓太《けいた》が風呂《ふろ》から上《あ》がってきました。入《い》れかわりで裕太《ゆうた》もすぐに入《はい》ります。なるべく早《はや》く風呂《ふろ》をすませることで、お母《かあ》さんを早《はや》くお風呂《ふろ》に入《はい》らせて、その間《あいだ》にマヤに牛乳《ぎゅうにゅう》をあげようという作戦《さくせん》です。

お母《かあ》さんが洗《せん》たくものを干《ほ》し終《お》わり、部屋《へや》に入《はい》ったときには、裕太《ゆうた》はすでに風呂《ふろ》から上《あ》がり、体《からだ》をふいていました。

「えーッ、もう上《あ》がったの？」

お母《かあ》さんはビックリのし通《どお》しです。今日《きょう》は二人《ふたり》とも、急《きゅう》にいい子《こ》になってしまって、なんだかチンプンカンプンです。

「お母《かあ》さんも、たまにはゆっくりお風呂《ふろ》に入《はい》ったら」

聞《き》いたこともなかったやさしい言葉《ことば》が裕太《ゆうた》の口《くち》から出《で》て、ますますチンプンカンプンになりながら、それでもお母《かあ》さんは気《き》をよくしてお風呂《ふろ》に入《はい》りました。

その間《あいだ》、二人《ふたり》は大忙《おおいそが》しです。

タイミングよく起《お》きたマヤにあたためた牛乳《ぎゅうにゅう》を飲《の》ませ、オシッコもウンチもさせ、使《つか》ったボロ布《ぬの》もティッシュペーパーもくさいので、ビニール袋《ぶくろ》に入《い》れキッチリしばり、子供部屋《こどもべや》にかくしました。手作《てづく》りのほ乳《にゅう》ビンも忘《わす》れずに洗《あら》い、ふきんでちゃんとふいて、これもかくしました。

いつもよりゆっくり入《はい》ったお母《かあ》さんが風呂《ふろ》から出《で》てきました。部屋《へや》を見《み》まわすと二人《ふたり》ともいません。もう子供部屋《こどもべや》で寝《ね》ているのでしょうか。

「なんだか最後《さいご》までいい子過《こす》ぎて気味《きみ》が悪《わる》い！」

お母《かあ》さんがそう思《おも》ったとき、子供部屋《こどもべや》のフスマがそぉ～っと開《あ》いて、二人《ふたり》が顔《かお》を出《だ》しました。

「今度《こんど》はナーニ？」

「おやすみなさい」

裕太《ゆうた》と啓太《けいた》が声《こえ》をそろえて言《い》いました。

「お、おやすみなさい……」

お母《かあ》さんも口《くち》ごもりながら言《い》いました。

二人《ふたり》は、お母《かあ》さんがお風呂《ふろ》から上《あ》がってくるのをずっと待《ま》っていたのです。寝《ね》る前《まえ》にあいさつしておくことで、寝《ね》ている間《あいだ》にお母《かあ》さんが部屋《へや》に入《はい》ってこないようにする作戦《さくせん》です。

この一番最後《いちばんさいご》の作戦《さくせん》もうまくいきました。さあ、これでやっと安心《あんしん》して眠《ねむ》れます。お母《かあ》さんに見《み》つからないように一日《いちにち》じゅうハラハラし通《どお》しの二人《ふたり》は、もうクタクタでした。二人《ふたり》はあっという間《ま》に深《ふか》い眠《ねむ》りに落《お》ちました。

見《み》つかっちゃった

「裕《ゆう》太《た》、啓《けい》太《た》、朝《あさ》よ起《お》きて！　ラジオ体《たい》操《そう》に行《い》くんでしょう」
お母《かあ》さんの声《こえ》で目《め》が覚めた二《ふた》人《り》は、おたがいの顔《かお》を見《み》たとたん、ハッと気《き》がつきました。
「ラジオ体《たい》操《そう》！　そうだラジオ体《たい》操《そう》があるんだった！　その間《あいだ》、マヤをどうしよう！」
二《ふた》人《り》同《どう》時《じ》に机《つくえ》の下《した》を見《み》た瞬《しゅん》間《かん》、息《いき》が止《と》まりました。マヤがいないのです。

「マヤが、マヤがいない！」

二人同時《ふたりどうじ》にさけびました。

「どうしよう、どこ行《い》ったんだろう」

二人《ふたり》とも部屋《へや》じゅうさがしました。ベッドの下《した》もイスの下《した》も、ロッカーの中《なか》も。でも、どこにもいませんでした。

「窓《まど》から落《お》ちちゃったのかな～」

啓太《けいた》はもう涙声《なみだごえ》です。

「あんなちっちゃいのに、窓《まど》まで届《とど》かないよ」

裕太《ゆうた》が言《い》いました。

そのときです。居間《いま》のほうからクーンクーンという声《こえ》が聞《き》こえました。マヤの鳴《な》き声《ごえ》です。パジャマのまま二人《ふたり》はすごい勢《いきお》いでフスマを開《あ》けました。

そこには、おかし箱《ばこ》ではなく、もっと丈夫《じょうぶ》な木《き》の箱《はこ》に入《はい》ったマヤがいました。

「マヤ、ここにいたの」

啓太《けいた》の声《こえ》に、台所《だいどころ》にいたお母《かあ》さんがクルッと振《ふ》り返《かえ》りました。

「あんたたち、ずい分《ぶん》グッスリと寝《ね》てたわねぇ。おかげで私《わたし》は寝不足《ねぶそく》よ」

二人《ふたり》ともドキッとして次《つぎ》の言葉《ことば》が出《で》ません。

「何《なに》か言《い》うことはないの？」

お母《かあ》さんは怒《おこ》っています。かなり怒《おこ》っています。二人《ふたり》は何《なに》も言《い》えません。

「いいから、とにかくラジオ体操《たいそう》に行《い》ってらっしゃい。話《はなし》はそれからです……」


ラジオ体操《たいそう》から帰《かえ》った二人《ふたり》は、とにかくあやまりました。静《しず》かな朝食《ちょうしょく》が始《はじ》まりました。裕太《ゆうた》が恐《おそ》る恐《おそ》る言《い》いました。

「お、お母《かあ》さん、マヤに朝《あさ》ごはんのミルク……」

「もうあげました」

冷《つめ》たくお母《かあ》さんが答《こた》えました。重《おも》苦《くる》しい雰《ふん》囲《い》気《き》が包《つつ》みます。みんなだまりこんでいます。

裕《ゆう》太《た》が啓《けい》太《た》に合《あい》図《ず》をしました。流《なが》しを見《み》ろという合《あい》図《ず》です。見《み》ると流《なが》しには人《にん》間《げん》の赤《あか》ちゃん用《よう》の本《ほん》物《もの》のほ乳《にゅう》ビンがありました。きっとお母《かあ》さんがマヤに牛《ぎゅう》乳《にゅう》を飲《の》ませてあげたほ乳《にゅう》ビンに違《ちが》いありません。

「お母《かあ》さん、そのほ乳《にゅう》ビン誰《だれ》の？」

裕《ゆう》太《た》が聞《き》きました。

「誰《だれ》のって、あんたたちが赤《あか》ちゃんのときに使《つか》っていたほ乳《にゅう》ビンよ。捨《す》てなくってよかったわ。だけどこんなことでまた、使《つか》うなんて思《おも》ってもみなかったけどね」

やっぱりまだ少《すこ》し怒《おこ》っています。

「お母《かあ》さん、どうしてマヤのことわかったの？」

今度《こんど》は啓太《けいた》が聞《き》きました。

「夜中《よなか》にクンクン鳴《な》き声《ごえ》がして、ゴソゴソ音《おと》がしたら、誰《だれ》だって気《き》づくでしょ？　だけどあんたたちはグースカ寝《ね》てて知《し》らんぷり。ほっとけないでしょ？」

お母《かあ》さんは夜中《よなか》、おなかがすいて鳴《な》くマヤに牛乳《ぎゅうにゅう》をあげてくれていたのでした。

「ところで、いつもダメって言《い》われてたのにどうしてしたの？

家《いえ》は団地《だんち》だから犬《いぬ》は飼《か》えないっていつも言《い》ってるでしょ？」

「だって、保健所《ほけんじょ》に連《つ》れていかれたら、殺《ころ》されちゃうんでしょ？何《なん》にも悪《わる》いことしてないのに、まだあんなにチビなのに殺《ころ》されちゃうなんてあんまりだよ～」

「ちょっ、ちょっと順序《じゅんじょ》よく話《はな》してよ」

二人《ふたり》の話《はなし》を聞《き》いたお母《かあ》さんは、

「わかりました。でもずーっと置《お》いておくわけにはいかないのよ。みんなでマヤをもらってくれる人《ひと》をさがそうね」

そう言《い》って、やっといつものお母《かあ》さんに戻《もど》りました。

それからお母《かあ》さんは急《いそ》いで仕事《しごと》に行《い》く準備《じゅんび》をして、バタバタと出《で》ていきました……と思《おも》ったら一分《いっぷん》もしないうちに戻《もど》ってきました。

「マヤに牛乳《ぎゅうにゅう》あげるときね、スプーン一杯《いっぱい》くらいの水《みず》を入《い》れてあたためるの。まだ小《ちい》さいから牛乳《ぎゅうにゅう》のままじゃ濃《こ》すぎるから。あ、それと、あの指《ゆび》サックのアイデア、なかなかよかったよ」

それだけを言《い》うとバタバタと、さっきよりずっと忙《いそが》しそうに階段《かいだん》をおりていきました。二人《ふたり》は顔《かお》を見合《みあ》わせました。

「お母《かあ》さん、動物《どうぶつ》きらいと言《い》ってたけど、あれ、絶対《ぜったい》ウソだね」

裕太《ゆうた》の言葉《ことば》を聞《き》くまでもなく啓太《けいた》もず〜っとそう思《おも》っていた

ので大《おお》きくうなずきました。

それにしても、まずはひと安心《あんしん》です。もう昨日《きのう》みたいにドキドキハラハラすることもなくなったのですから。

二人《ふたり》は部屋《へや》じゅうに新聞紙《しんぶんし》をしきつめて、マヤを箱《はこ》から出《だ》してあげました。おぼつかない足取《あしど》りでヒョコヒョコ歩《ある》くマヤは、まるでぬいぐるみが動《うご》いているみたいです。裕太《ゆうた》も啓太《けいた》もはらばいになってほおづえをつき、マヤが歩《ある》くのを見《み》ています。まだ歩《ある》くのは上手《じょうず》じゃないので、ときどき、コテッと横向《よこむ》きに転《ころ》びます。やっと起《お》き上《あ》がったと思《おも》うと少《すこ》し歩《ある》いて、またすぐ寝《ね》てしまいます。マヤと呼《よ》ぶと、目《め》だけフワ～ンと開《あ》けて、小《ちい》さなシッポをほんの少《すこ》しだけヒョイ！と振《ふ》ります。あんまりかわいくて一日《いちにち》じゅう見《み》ていてもあきません。また、寝《ね》てしまったマヤをなでながら啓太《けいた》が言《い》います。

「お兄《にい》ちゃん、ぼくたちの家《いえ》、団地《だんち》じゃないとよかったのにね」

「仕方《しかた》ないだろ。だけどさ、こいつもうちょっとで殺《ころ》されるところだったんだよ。ぼくたちのおかげで命拾《いのちびろ》いしたんだよ、マヤは……。それだけでもよかったんだよ」

本当《ほんとう》にそうだと啓太《けいた》は思《おも》いました。自分《じぶん》たちはさびしくなるけど、マヤにとっては、早《はや》くやさしい人《ひと》にもらわれて、かわいがってもらえることが、一番《いちばん》の幸《しあわ》せなのです。

お母《かあ》さんと裕太《ゆうた》と啓太《けいた》は、ポスターをたくさん作《つく》り、町《まち》のあっちこっちへ貼《は》りました。団地《だんち》の集会所《しゅうかいじょ》にも、近《ちか》くの店《みせ》にもたのんで貼《は》らせてもらいました。お母《かあ》さんの友《とも》だちに頼《たの》んだり、駅《えき》の伝言板《でんごんばん》などを利用《りよう》したりもしました。できる限《かぎ》りの手《て》をつくしたのですが、なかなかもらってくれる人《ひと》は現《あらわ》れませんでした。

ヤキモキしているお母さんには悪《わる》いのですが、実《じつ》は二人《ふたり》とも、夏休《なつやす》みじゅうには見《み》つからないといいなと心《こころ》の中《なか》で思《おも》っていました。

かわいい
こいぬ
いりませんか

マヤはどうなるの？

マヤはますますかわいくなってきました。ときどき、散歩《さんぽ》のために外《そと》へと連《つ》れだすと、近所《ちかじょ》の子供《こども》たちが集《あつ》まってきて、「抱《だ》かせて、抱《だ》かせて」と大騒《おおさわ》ぎです。マヤは三〇《さんじゅっ》センチくらいの大《おお》きさで、瞳《ひとみ》は大《おお》きくて真《ま》ん丸《まる》です。ビックリするほど大《おお》きな耳《みみ》は先《さき》が丸《まる》くてピンと立《た》っています。足《あし》の先《さき》だけ四本《よんほん》とも白《しろ》い毛《け》で、白《しろ》いソックスをはいている

ように見《み》えます。

地面《じめん》におろすとまだチビのくせに一人前《いちにんまえ》にジャンプをします。そのたびに白《しろ》い足《あし》の先《さき》が上下《じょうげ》にゆれて、その愛《あい》らしさと言《い》ったら説明《せつめい》のしようがないくらいです。

そして夏休《なつやす》みもあと二週間《にしゅうかん》あまりを残《のこ》すだけになりました。いつものようにマヤを自転車《じてんしゃ》のカゴに乗《の》せ、朝早《あさはや》い時間《じかん》に公園《こうえん》に行《い》く途中《とちゅう》のことでした。団地《だんち》の入口《いりぐち》の信号《しんごう》で、

「啓太《けいた》！」

と呼《よ》び止《と》められました。ふっと横《よこ》を見《み》ると、信号待《しんごうま》ちしている小《ちい》さなトラックの窓《まど》から、明《あきら》さんが手《て》を振《ふ》っています。

「あ、おはようございます」

明《あきら》さんは、二人《ふたり》のほうを見《み》て笑《わら》っています。

「あ、その犬《いぬ》だろ。いま飼《か》い主《ぬし》さがしてるってポスターの……。ちょうどよかった。いい話《はなし》があるんだ、実《じつ》は……」

そう言《い》いかけたとき、後《うし》ろの車《くるま》がプップッとクラクションを鳴《な》らしました。

「お昼《ひる》ごろ、店《みせ》においで。待《ま》ってるから」

と早口《はやくち》で言《い》うと、あっという間《ま》に明《あきら》さんの車《くるま》は去《さ》って行《い》きました。二人《ふたり》は顔《かお》を見合《みあ》わせました。

「もらってくれる人《ひと》が見《み》つかったのかな？」

啓太《けいた》が言《い》いました。

二人《ふたり》とも、よかったと思《おも》いながら、笑顔《えがお》になれません。マヤとお別《わか》れしなければならないからです。覚悟《かくご》はしていましたが、本当《ほんとう》にそのときが来《き》たのだと思《おも》うと、心《こころ》が沈《しず》んでしまいます。

お昼《ひる》ごはんを食《た》べて、二人《ふたり》はスーパーに向《む》かいました。そのまま裏口《うらぐち》に行《い》き、明《あきら》さんを呼《よ》び出《だ》してもらいました。

「おう、来《き》たか！」

明《あきら》さんはそう言《い》いながら店《みせ》から出《で》てきました。

「冷《つめ》たいのでも飲《の》むか？」

明《あきら》さんはそう言《い》うと、二人《ふたり》を自動販売機《じどうはんばいき》のところまで連《つ》れて行《い》き、ジュースを買《か》ってくれました。

「かわいい犬《いぬ》だな〜。ちょっと俺《おれ》にも抱《だ》かせてくれよ」

そう言《い》うなり、明《あきら》さんはあっという間《ま》にマヤを抱《だ》き上《あ》げ、ほおずりしたり、高《たか》い高《たか》いしたりしました。マヤは目《め》を白黒《しろくろ》。でも明《あきら》さんがいい人《ひと》だとマヤもわかったみたいで、小《ちい》さなシッポを振《ふ》って、とてもうれしそうです。

「明《あきら》さん、マヤをもらってくれる人《ひと》が見《み》つかったの？」

啓太《けいた》が思《おも》い切《き》って聞《き》きました。明《あきら》さんはマヤの頭《あたま》をなでながら言《い》いました。

「そうなんだ。よかったな〜」

やっぱりそうだったのです。

「いつ？　いつマヤはもらわれていくの？　いつまでマヤといっしょにいられるの？」

啓太《けいた》は必死《ひっし》で明《あきら》さんに聞《き》きました。

「あ、そうか、ゴメンゴメン。肝心《かんじん》なことをまだ話《はな》してなかった」

実《じつ》はなあ……と言《い》いながら明《あきら》さんが話《はな》してくれた内容《ないよう》は、信《しん》じられないような展開《てんかい》になっていました。

このスーパーの裏《うら》には店長《てんちょう》さんの家《いえ》があるのですが、そこにはむかし飼《か》っていた犬用《いぬよう》の小屋《こや》が残《のこ》っていたのです。それを店《てん》長《ちょう》さんが、「二人《ふたり》がキチンとマヤの世話《せわ》をし、毎日《まいにち》の犬小屋《いぬごや》のそうじを欠《か》かさないですれば使《つか》ってもいい」と言《い》ってくれたのだそうです。

実《じつ》は、店長《てんちょう》さんにマヤの話《はなし》をしてくれたのは、あのときのこわかったおばさんでした。おばさんは、あちこちでマヤのポスターや裕太《ゆうた》と啓太《けいた》がマヤを散歩《さんぽ》させている姿《すがた》を見《み》て、「あ!あのときの男《おとこ》の子《こ》たちだわ」と思《おも》い、店《みせ》に行《い》って店長《てんちょう》さんに話《はな》してくれたのだそうです。

「ここに犬《いぬ》が捨《す》てられたのは、これで三度目《さんどめ》なんだ……」

明《あきら》さんは少《すこ》し暗《くら》い顔《かお》をして言《い》いました。

マヤの前《まえ》にも、二度《にど》、同《おな》じ場所《ばしょ》に子犬《こいぬ》が捨《す》てられていたそうです。二度《にど》とも保健所《ほけんじょ》に電話《でんわ》して引《ひ》き取《と》りにきてもらったと、悲《かな》しそうな表情《ひょうじょう》で明《あきら》さんは話《はなし》を続《つづ》けました。

「二度《にど》とも、俺《おれ》が見《み》つけて、保健所《ほけんじょ》の人《ひと》たちが連《つ》れていくときも立《た》ち会《あ》ったんだ。俺《おれ》、一人《ひとり》でアパート住《ず》まいだからなあ、飼《か》いたくっても飼《か》えないしなあ……。だけどよかったよ、三度目《さんどめ》はお前《まえ》たちが育《そだ》ててくれてて。また、あんな思《おも》いするのはゴメンだからなあ」

いくら困《こま》ったからと言《い》って、生《い》きている幼《おさな》い命《いのち》をゴミのように勝手《かって》に捨《す》てて……。捨《す》てられた犬《いぬ》たちのまわりでは、かかわらざるを得《え》なくなった人《ひと》たちが、胸《むね》のつまるようなつらい思《おも》いをしているというのに……。明《あきら》さんはそんなようなことを静《しず》かにつぶやくように二人《ふたり》に話《はな》し続《つづ》けました。

そのときの明《あきら》さんは、いつもの明《あきら》さんとは別人《べつじん》のようでした。悲《かな》しみといかりが、明《あきら》さんをすっぽり包《つつ》んでいたのです。

「二人《ふたり》とも、本当《ほんとう》にちゃんと世話《せわ》できるか？　大変《たいへん》だぞ。毎日《まいにち》散歩《さんぽ》させて、朝《あさ》と夕方《ゆうがた》、ごはんもやらなきゃいけないんだぞ」

そう言《い》ったときの明《あきら》さんはもうすっかり、元《もと》の元気《げんき》な明《あきら》さんに戻《もど》っていました。

明《あきら》さんはそう言《い》いながらも、マヤのごはんをおかず売場《うりば》の人《ひと》に頼《たの》んでくれていました。このスーパーでは、おかずが売《う》れ残《のこ》ると毎日《まいにち》のように捨《す》てているのだそうです。

「どっちみち捨《す》てるんだったら、マヤに食《た》べさせたほうがおかずだってきっと喜《よろこ》ぶさぁ」

明《あきら》さんは、そう言《い》って笑《わら》いました。

「もし、おかずが売《う》り切《き》れていたら？」

「そのときはパン売場《うりば》の人《ひと》に話《はなし》がついてるんだ」

また笑《わら》って言《い》いました。

「バンザーイ、バンザーイ」

裕《ゆう》太《た》と啓《けい》太《た》は、思《おも》わずそうさけんでいました。

二人《ふたり》から話《はなし》を聞《き》いたお母《かあ》さんは、さっそく店長《てんちょう》さんのところへお礼《れい》を言《い》いに行《い》き、店《みせ》のポスターを描《か》く仕事《しごと》を引《ひ》き受《う》けました。デザイン会社《がいしゃ》に勤《つと》めていたお母《かあ》さんは、「なんとか自分《じぶん》のできることでお礼《れい》がしたい」と思《おも》ったのです。

マヤは幸《しあわ》せな犬《いぬ》です。裕《ゆう》太《た》や啓《けい》太《た》だけではなく、明《あきら》さんや、こわそうだけど実《じつ》はとってもやさしかったあのおばさん、店長《てんちょう》さん、お母《かあ》さんまで、マヤのためにこうして協力《きょうりょく》してくれているのですから……。

明《あきら》さんはマヤが一人《ひとり》でいるのに早《はや》く慣《な》れるように、スケジュールをたててくれました。

最初《さいしょ》は二〇分《にじゅっぷん》くらい、一人《ひとり》で犬小屋《いぬごや》にいさせることからはじめ、じょじょに時間《じかん》を増《ふ》やしていくというものでした。

「大事《だいじ》なことは、必《かなら》ず決《き》められた時間《じかん》にむかえに行《い》くことだ。絶対《ぜったい》にまた、来《き》てくれるとマヤが確信《かくしん》したら、鳴《な》かないよ」

明《あきら》さんの言《い》う通《とお》りでした。最初《さいしょ》はわけがわからずに大騒《おおさわ》ぎしていたマヤでしたが、そのうち、大人《おとな》しく待《ま》つようになりました。そして昼《ひる》から夜《よる》へと時間《じかん》を変《か》えましたが、それも上手《うま》くいきました。

マヤよりも実《じつ》は啓太《けいた》のほうが、慣《な》れるまで大変《たいへん》でした。

「マヤ、大丈夫《だいじょうぶ》かな～？　一人《ひとり》でさびしくないかなあ？」

そう言《い》いながら、実《じつ》は一番《いちばん》さびしかったのは啓太《けいた》かもしれません。啓太《けいた》は思《おも》いました。自分《じぶん》だったら、夜《よる》、外《そと》に一人《ひとり》でいるだけで、不安《ふあん》で不安《ふあん》でこわくてこわくて、ひと晩《ばん》じゅう泣《な》いているでしょう。マヤはえらいなあと……。

死《し》ぬな！　マヤ

夏休《なつやす》みが終《お》わり、二学期《にがっき》になりました。朝《あさ》のラジオ体操《たいそう》に行《い》かなくなっても、二人《ふたり》は毎日《まいにち》早起《はやお》きします。毎朝《まいあさ》、マヤといっしょに散歩《さんぽ》するからです。

朝《あさ》の散歩《さんぽ》は、だいたい、団地《だんち》のまわりを一周《いっしゅう》するだけです。そして夕方《ゆうがた》は時間《じかん》があるので、野球場《やきゅうじょう》のある公園《こうえん》か、河川敷《かせんじき》のグラウンドまで足《あし》をのばします。そして、公園《こうえん》やグラウンドに

着《つ》くと、マヤの首《くび》のロープをはずし、ボール投《な》げをします。マヤはボール拾《ひろ》いが大好《だいす》きで、どんなに遠《とお》くへ投《な》げても、必《かなら》ずボールをくわえて戻《もど》ってきます。そして裕太《ゆうた》か啓太《けいた》の足元《あしもと》に、ポタリとボールを落《お》とし、シッポを振《ふ》って、また投《な》げてとせがみます。

もちろん犬《いぬ》ですから、しゃべることはできません。でもマヤは本当《ほんとう》にりこうな犬《いぬ》で、投《な》げてほしい場所《ばしょ》のほうを見《み》てから、その次《つぎ》に、投《な》げてくれる人《ひと》の顔《かお》をじっと見《み》ます。投《な》げてほしい場所《ばしょ》をちゃんと動作《どうさ》で教《おし》えるのです。

さんざん遊《あそ》ばせたあとは、マヤも満足《まんぞく》して大人《おとな》しく小屋《こや》の外《そと》で待《ま》っています。そして二人《ふたり》は小屋《こや》をそうじし、マヤにごはんをあげます。

団地《だんち》から離《はな》れたところに犬小屋《いぬごや》があるので、普通《ふつう》の家《いえ》の庭《にわ》で飼《か》っている犬《いぬ》のように、一日《いちにち》じゅう姿《すがた》を見《み》ることはできません。そのかわり、マヤといっしょに過《す》ごすときは、その分《ぶん》、いっぱいマヤを抱《だ》きしめ、マヤと遊《あそ》び、時間《じかん》をかけて散歩《さんぽ》もします。そんな二人《ふたり》の深《ふか》い愛情《あいじょう》を受《う》けたマヤは、スクスクと育《そだ》ちました。

季節《きせつ》は秋《あき》になり、街《まち》の木々《きぎ》たちが少《すこ》しずつ、色《いろ》づきはじめました。

初《はじ》めてマヤを見《み》つけたときは、啓太《けいた》の両《りょう》うでの中《なか》にスッポリ入《はい》るほど小《ちい》さかったのに、いまでは、散歩《さんぽ》していても啓太《けいた》のほうが引《ひ》っぱられるくらいに大《おお》きくなりました。でも啓太《けいた》がグッとロープを引《ひ》くと、マヤはピタッと止《と》まって、あとは啓太《けいた》の歩《ある》く早《はや》さに合《あ》わせてくれます。

そんなある日《ひ》の夕方《ゆうがた》のことでした。その日《ひ》は冷《つめ》たい木《こ》がらしが吹《ふ》き荒《あ》れていました。

裕太《ゆうた》と啓太《けいた》が、マヤといつものように散歩《さんぽ》していました。

あまりの寒《さむ》さで、啓太《けいた》の手《て》が氷《こおり》のように冷《つめ》たくなってきたので、手袋《てぶくろ》を着《つ》けるために「お兄《にい》ちゃん、ちょっと待《ま》ってて」と裕太《ゆうた》にロープを手《て》わたそうとしました。

そのときです。

じっと止《と》まって待《ま》っていたマヤが急《きゅう》に、坂《さか》の上《うえ》から、坂道《さかみち》と直角《ちょっかく》に交《まじ》わる大通《おおどお》りのほうをめがけて、ものすごいスピードでかけおりて行《い》ったのです。大通《おおどお》りの向《む》こう側《がわ》からサッカーボールがコロコロと転《ころ》がってきたのを目《め》ざとく見《み》つけ、それを追《お》いかけてしまったのです。

「マヤ、もどれ！」

二人《ふたり》が大声《おおごえ》を出《だ》しても、ボールしか見《み》えていないマヤには、その声《こえ》が届《とど》きません。

二人《ふたり》が必死《ひっし》で転《ころ》がるように坂道《さかみち》をかけおりだした瞬間《しゅんかん》です。

「キキィー！」

「キャイ～ン！」

車《くるま》が急《きゅう》ブレーキを踏《ふ》む音《おと》と同時《どうじ》に、マヤの悲鳴《ひめい》にも似《に》た鳴《な》き声《ごえ》が二人《ふたり》の耳《みみ》に届《とど》きました。二人《ふたり》は真《ま》っ青《さお》な顔《かお》をしてけんめいに走《はし》りました。

信号《しんごう》のところで、車《くるま》から出《で》てきたおじさんが立《た》ち止《ど》まって下《した》を見《み》ていました。そこにはマヤが倒《たお》れていました。

「マヤ～、マヤ～、死《し》んじゃダメだよ。」

「マヤ、大丈夫《だいじょうぶ》か？」

裕太《ゆうた》と啓太《けいた》は、かわるがわるマヤに声《こえ》をかけました。

「きみたちの飼《か》っている犬《いぬ》？」

おじさんは聞《き》きました。

「ウン」

二人《ふたり》は泣《な》きながらうなずきました。

「きみたち、動《うご》かしちゃダメだよ」

おじさんはそう言《い》うと、車《くるま》のトランクルームから、毛布《もうふ》を出《だ》してきて、マヤをそっと抱《だ》きあげ、そのまま静《しず》かに歩道《ほどう》に寝《ね》かせました。

「ここで待《ま》っていなさい。すぐそこのあき地《ち》に車《くるま》をとめてくるから……」

おじさんは、急《いそ》いで車《くるま》を発進《はっしん》させました。止《と》まっていた後続《こうぞく》の車《くるま》たちが、ようやく動《うご》き出《だ》しました。

マヤは起《お》き出《だ》そうとします。おじさんに言《い》われたことを守《まも》って、二人《ふたり》は必死《ひっし》でマヤを押《お》さえます。あき地《ち》のほうから、さっきのおじさんがかけてくるのが見《み》えました。

「きみたちの家《いえ》はこの近《ちか》くなの？　おうちの人《ひと》は？」

お母《かあ》さんは仕事《しごと》に行《い》ってて家《いえ》にいないことを聞《き》いたおじさんは、とにかく病院《びょういん》に行《い》こうと、マヤを抱《だ》いたまま車《くるま》に運《はこ》んでくれました。後《うし》ろのシートで、二人《ふたり》はマヤの体《からだ》をなで続《つづ》けました。

動物病院《どうぶつびょういん》でみてもらったところ、マヤのケガは、右《みぎ》の横《よこ》ばらを打《う》ってはれてしまったのと、右足《みぎあし》の打身《うちみ》だけですみました。

病院《びょういん》の先生《せんせい》は、よくこれだけの傷《きず》ですんだなとビックリしていました。

「急《きゅう》にとび出《だ》してきたから、ブレーキを踏《ふ》んだけど間《ま》に合《あ》わなかったんだ。だけどよかったよ、大《たい》したことなくて……」

結果《けっか》を知《し》ったおじさんは、ホッとしていました。

「きみたち、これから散歩《さんぽ》するときは、つないだロープを離《はな》しちゃダメだよ。大切《たいせつ》な友《とも》だちなんだろう？　二人《ふたり》で守《まも》ってあげないとな」

本当《ほんとう》にそうだったと二人《ふたり》とも反省《はんせい》しました。もしマヤが死《し》んでたら……そう思《おも》うだけで涙《なみだ》があとからあとからこぼれてきました。

「マヤ、ごめんね」

これから散歩《さんぽ》するときは、どんなことがあっても、マヤのロープは離《はな》さないと二人《ふたり》とも心《こころ》にちかいました。

ケガは軽《かる》かったのですが、念《ねん》のためマヤは一週間《いっしゅうかん》入院《にゅういん》しました。人間《にんげん》と違《ちが》ってすぐ動《うご》いてしまうので、病院《びょういん》であずかってもらうことにしたのです。

退院《たいいん》してからのマヤは、散歩《さんぽ》の途中《とちゅう》で車《くるま》を見《み》るとピクッと体《からだ》が動《うご》き、しばらく立《た》ちすくんでしまうようになってしまいました。特《とく》に事故《じこ》にあった黒《くろ》くて大型《おおがた》の乗用《じょうよう》車を見《み》ると、ウロウロと右《みぎ》に左《ひだり》に動《うご》き、落《お》ち着《つ》きがありません。車《くるま》を見《み》るたびに、あのときのこわい思《おも》いがよみがえるのでしょう。

牧場犬《ぼくじょうけん》になる

春《はる》になりました。マヤと初《はじ》めて会《あ》ったときから、もう八ヶ月《はちかげつ》ほどたっていました。もう成犬《せいけん》と変《か》わらない大《おお》きさになりました。犬《いぬ》の成長《せいちょう》は早《はや》く、一年《いちねん》くらいで大人《おとな》になってしまいます。

裕太《ゆうた》も啓太《けいた》も、もうマヤのいない毎日《まいにち》なんて考《かんが》えられません。二人《ふたり》とも、ずっとマヤといっしょにいられると思《おも》っていました。

でも、いつまでも思《おも》い通《どお》りにはいかないものです。それは明《あきら》

さんからお母《かあ》さんにかかってきた一本《いっぽん》の電話《でんわ》が始《はじ》まりでした。

スーパーが引《ひ》っ越《こ》しをすることになったというのです。今《いま》の店《みせ》がせまくなったので、車《くるま》で二時間《にじかん》ほどのところに、新《あたら》しい大《おお》きな店《みせ》を造《つく》るのだそうです。もちろん店長《てんちょう》さんとその家《か》族《ぞく》も引《ひ》っ越《こ》しです。店《みせ》も家《いえ》も売《う》ってしまうので、マヤの犬小屋《いぬごや》も当然《とうぜん》なくなってしまいます。

さあ、困《こま》った！　どうしたらよいでしょう。引《ひ》っ越《こ》しの日《ひ》までに、マヤの引《ひ》き取《と》り先《さき》をさがさなくてはなりません。

お母《かあ》さんと裕太《ゆうた》、啓太《けいた》は、また、あっちこっちにお願《ねが》いして回《まわ》りました。しかし、一週間《いっしゅうかん》たっても二週間《にしゅうかん》たっても、もらってくれる人《ひと》は現《あらわ》れません。

三人《さんにん》がとほうにくれていると、また明《あきら》さんから電話《でんわ》がありました。「マヤをもらってくれる人《ひと》が見《み》つかった」というのです。引《ひ》き取《と》り先《さき》は千葉県《ちばけん》の牧場《ぼくじょう》で、マヤを牧場犬《ぼくじょうけん》としてもらってくれるというのです。思《おも》いもよらぬいい話《はなし》です。

このスーパーは野菜《やさい》を千葉県《ちばけん》の農家《のうか》から送《おく》ってもらっています。その農家《のうか》の近《ちか》くの牧場《ぼくじょう》で犬《いぬ》をほしがっているという話《はなし》を聞《き》いた店長《てんちょう》さんが、じきじきに頼《たの》んでくれたのでした。

マヤにとっても、いい話《はなし》です。犬小屋《いぬごや》で一日二回《いちにちにかい》、裕太《ゆうた》と啓《けい》太《た》を待《ま》って散歩《さんぽ》に行《い》く以外はずっと一人《ひとり》きりでいるより、一日《いちにち》じゅう緑《みどり》の牧場《ぼくじょう》を走《はし》っていられるくらしのほうが、マヤにとっては幸《しあわ》せに決《き》まっています。

でも、ひとつだけ心配《しんぱい》なのは、マヤに牧場犬《ぼくじょうけん》の仕事《しごと》ができるのだろうかということでした。さっそく明《あきら》さんに聞《き》いてみました。

「大丈夫《だいじょうぶ》。きちんとしつけてくれるらしい。それにマヤくらいの大《おお》きさの犬《いぬ》がちょうどいいんだってさ、完全《かんぜん》に大人《おとな》の犬《いぬ》じゃないほうが教《おし》えやすいんだって！　あまり小《ちい》さすぎても、すぐには調教《ちょうきょう》できないってことらしいぞ」

明《あきら》さんは言葉《ことば》を続《つづ》けました。

「マヤは本当《ほんとう》についているなあ」

二人《ふたり》ともその通《とお》りだと思《おも》いました。

マヤは運《うん》の強《つよ》い犬《いぬ》です。二人《ふたり》があのとき家《いえ》に連《つ》れて帰《かえ》ってなかったら、保健所《ほけんじょ》に連《つ》れていかれて処分《しょぶん》されていたでしょう。犬小屋《いぬごや》を提供《ていきょう》してくれたのは、団地《だんち》のすぐそばのスーパーの店長《てんちょう》さんでした。

車《くるま》とぶつかったときも、運転手《うんてんしゅ》のおじさんはやさしい人《ひと》で動物病院《どうぶつびょういん》にマヤを運《はこ》んでくれました。何《なに》よりビックリしたのは、奇跡的《きせきてき》に、あんなに軽《かる》いケガですんだことです。

そして今度《こんど》の牧場犬《ぼくじょうけん》の話《はなし》……。

マヤのまわりにはどういうわけか、いつもやさしくてあたたかい人《ひと》たちが集《あつ》まってきては、マヤを守《まも》ってくれるのです。人間《にんげん》にも、いい人《ひと》たちばかりの集団《しゅうだん》があります。きっと犬《いぬ》の世界《せかい》でも、いい人《ひと》たちばかりを呼《よ》び集《あつ》めてしまうマヤのような犬《いぬ》がいるのかもしれません。

まわりの人《ひと》たちに助《たす》けられながらも、まわりの人《ひと》たちを幸《しあわ》せにしてくれる、マヤはそんな犬《いぬ》だと思《おも》うのです。

裕太《ゆうた》や啓太《けいた》にとっては、一年《いちねん》ほどしかマヤといっしょにいられませんでしたが、それはとても幸《しあわ》せな一年《いちねん》でした。マヤを抱《だ》きしめると心《こころ》まであたたかくなるし、大《おお》きくてつぶらな黒《くろ》い瞳《ひとみ》を見《み》ると、何《なん》だか幸《しあわ》せな気分《きぶん》になってきます。

二人《ふたり》は最初《さいしょ》、「自分《じぶん》たちがマヤの面倒《めんどう》を見《み》てあげた」と思《おも》っていました。しかし、もうマヤにあえなくなるとわかってから、二人《ふたり》とも、何《なに》か違《ちが》うなと感《かん》じはじめていました。いつも二人《ふたり》をはげまし、あたたかい愛情《あいじょう》で包《つつ》んでくれたのは、どうやらマヤのほうだったような気《き》がします。

さようなら、マヤ

春休《はるやす》みを利用《りよう》して、マヤを千葉《ちば》の牧場《ぼくじょう》に連《つ》れて行《い》くことになりました。店長《てんちょう》さんが店《みせ》の車《くるま》を貸《か》してくれました。運転手《うんてんしゅ》は明《あきら》さんです。

車《くるま》に乗《の》るのが初《はじ》めてのマヤは、大興奮《だいこうふん》です。裕太《ゆうた》に啓太《けいた》、明《あきら》さんにお母《かあ》さん、好《す》きな人《ひと》たちばかりに囲《かこ》まれているのですから無理《むり》もありません。

車《くるま》は海《うみ》に沿《そ》った山道《やまみち》を東《ひがし》へ東《ひがし》へと走《はし》り続《つづ》けました。山《やま》と山《やま》の間《あいだ》からときどきチラッと海《うみ》が見《み》えかくれしています。最初《さいしょ》は楽《たの》しそうだった二人《ふたり》の口数《くちかず》が、だんだん少《すく》なくなってきました。もう少《すこ》しでマヤとお別《わか》れすると思《おも》うと、どうしても心《こころ》が沈《しず》んでしまうのです。そんな二人《ふたり》の顔《かお》を、心配《しんぱい》そうな表情《ひょうじょう》でマヤがのぞきこんでいます。

「ホラホラ、そんなに落《お》ちこんでいたんじゃ、マヤだって心配《しんぱい》しちゃうじゃない」

お母《かあ》さんが振《ふ》り向《む》いて後《うし》ろのシートの二人《ふたり》に言《い》いました。

「わかってるよ、わかっているけど……」

そう言《い》いながらも、涙《なみだ》が出《で》そうになるのをこらえている啓太《けいた》の顔《かお》を、マヤがペロペロなめはじめました。マヤは啓太《けいた》に「どうしたの？」って言《い》いたいのでしょう。

また、お母《かあ》さんが言《い》いました。

「ホラ、マヤのほうがよっぽどおりこうさんだ」

四人《よにん》と一匹《いっぴき》を乗《の》せて、車《くるま》は山道《やまみち》から海岸沿《かいがんぞ》いに出《で》ました。

「あ、海《うみ》だ、海《うみ》だよ、マヤ」

裕太《ゆうた》がマヤを少《すこ》し抱《だ》きかかえ、海《うみ》がよく見《み》えるように窓辺《まどべ》に顔《かお》を近《ちか》づけさせました。

太平洋《たいへいよう》に面《めん》した千葉《ちば》の海《うみ》は、ビックリするほど青《あお》くて、沖《おき》のほうでは白《しろ》い波《なみ》がいくつもいくつも立《た》っていました。春《はる》のあたたかいおひさまの光《ひかり》が海《うみ》を照《て》らし、キラキラ輝《かがや》いてまばゆいほどです。

「なあ啓太《けいた》、こんなにきれいな海《うみ》のそばで、毎日《まいにち》おひさまといっしょに、牛《うし》や馬《うま》とかけっこできるんだ。こんな幸《しあわ》せな犬《いぬ》いないぞ」

明《あきら》さんが窓《まど》の外《そと》に広《ひろ》がる景色《けしき》を見《み》ながら言《い》いました。

三〇分《さんじゅっぷん》ほどして、車《くるま》は牧場《ぼくじょう》に着《つ》きました。牧場《ぼくじょう》は広々《ひろびろ》とした丘《おか》の上《うえ》にありました。丘《おか》の後《うし》ろには青々《あおあお》とした太平洋《たいへいよう》が広《ひろ》がっていました。空《そら》はどこまでも青《あお》く、海《うみ》はもっと青《あお》く、真《ま》っ白《しろ》な綿《わた》のような雲《くも》がポッカリポッカリ空《そら》に浮《う》いています。ここちよい海風《うみかぜ》を受《う》けて、牛《うし》や馬《うま》たちが、のどかに草《くさ》を食《た》べていました。

そんな絵《え》のような風景《ふうけい》を両側《りょうがわ》に見《み》ながら、車《くるま》は白《しろ》いさくにはさまれた茶色《ちゃいろ》の道《みち》を進《すす》んで行《い》きました。道《みち》の突《つ》きあたりには体育館《たいいくかん》のような大《おお》きな建物《たてもの》が見《み》えます。

その建物《たてもの》の裏側《うらがわ》に事務所《じむしょ》と思《おも》われる小《ちい》さな家《いえ》がありました。その前《まえ》に車《くるま》を止《と》め、先《さき》に明《あきら》さんがその家《いえ》に入《はい》っていきました。二《に》〜三分《さんぷん》ほどして、明《あきら》さんと知《し》らないおじさんが出《で》てきました。きっとこの人《ひと》が牧場《ぼくじょう》のご主人《しゅじん》です。

「お疲《つか》れでしょう？　ひと休《やす》みしてください」

おじさんはそう言《い》いながら、車《くるま》のドアを開《あ》けました。すぐにマヤに気《き》づきました。

「あ、マヤだね。さ、おいで」

あっという間《ま》に車《くるま》をとび出《だ》したマヤは、草《くさ》のにおいをかいだり、おじさんのまわりをグルグル回《まわ》ったり、忙《いそが》しいことこの上《うえ》ありません。シッポをグルグル振《ふ》って、車《くるま》に向《む》かって吠《ほ》えています。裕《ゆう》太《た》と啓《けい》太《た》に「早《はや》く遊《あそ》ぼうよ、早《はや》く出《で》ておいで！」と言《い》っているのです。

裕《ゆう》太《た》と啓《けい》太《た》が車《くるま》から降《お》りてきました。マヤは二人《ふたり》を見《み》て五《ご》メートルくらい走《はし》ったところで後《うし》ろを振《ふ》り向《む》き、また前《まえ》を見《み》て一《いち》メートルくらい進《すす》んでは後《うし》ろを振《ふ》り返《かえ》るという動作《どうさ》をくり返《かえ》しました。これは二人《ふたり》を誘《さそ》っているのです。

「お母《かあ》さん、マヤと遊《あそ》んでいい？」

そう言《い》うと、二人《ふたり》はお母《かあ》さんの返事《へんじ》を聞《き》く前《まえ》から、もう草原《そうげん》にとび出《だ》していました。

明《あきら》さんとお母《かあ》さんとおじさんは、家《いえ》の前《まえ》にある大《おお》きな木《き》のテーブルに座《すわ》って何《なに》やら話《はな》しています。おじさんが立《た》ちあがって家《いえ》の中《なか》に入《はい》っていきました。

明《あきら》さんとお母《かあ》さんは、マヤと遊《あそ》んでいる裕太《ゆうた》と啓太《けいた》を笑《わら》いな

がら見《み》ていました。

青《あお》い空《そら》に緑《みどり》の草原《そうげん》、その中《なか》を茶色《ちゃいろ》のマヤがあっちへこっちへ走《はし》り回《まわ》っています。白《しろ》いソックスをはいているかのような白《しろ》い足先《あしさき》も上下左右《じょうげさゆう》に動《うご》いて、まるで四《よっ》つの綿毛《わたげ》が、フワフワ浮《う》かんでいるみたいです。

裕太《ゆうた》と啓太《けいた》はいつもと違《ちが》って、ロープをつけていないマヤについていけません。

「待《ま》ってよ、マヤ」

啓太《けいた》が言《い》うと、マヤはクルッと振《ふ》り返《かえ》り、啓太《けいた》めがけて走《はし》ってジャンプします。でもちゃんと力《ちから》を抜《ぬ》いて抱《だ》きついています。

「今度《こんど》はぼくだよう」

裕太《ゆうた》の声《こえ》にも答《こた》えます。二人《ふたり》と一匹《いっぴき》は、まるで子猫《こねこ》がじゃれあうときのように、草《くさ》の上《うえ》を転《ころ》がりまわっています。

「裕太《ゆうた》、啓太《けいた》、いらっしゃ〜い」

お母《かあ》さんが呼《よ》んでいます。二人《ふたり》がテーブルにつくと、今度《こんど》は明《あきら》さんがマヤの相手《あいて》です。

「裕太君《ゆうたくん》、啓太君《けいたくん》、よろしく」

おじさんは握手《あくしゅ》をしながら二人《ふたり》に言《い》いました。

「二人《ふたり》でよく育《そだ》てたね。マヤはいい犬《いぬ》だ。この牧場《ぼくじょう》でマヤをしっかり牧場犬《ぼくじょうけん》として育《そだ》てるからね、安心《あんしん》しなさい」

そのあと、おじさんと裕太《ゆうた》と啓太《けいた》は、マヤといっしょに走《はし》り回《まわ》って転《ころ》げ回《まわ》って、クタクタになるまで遊《あそ》びました。

その間《あいだ》に明《あきら》さんが車《くるま》をそっと移動《いどう》し、すぐ出発《しゅっぱつ》できる準備《じゅんび》をしました。

「さあ、マヤ。おなかすいたろ？　向《む》こうでごはん食《た》べような」

さっきの小《ちい》さな家《いえ》の玄関《げんかん》に、マヤのごはんが入《はい》った食器《しょっき》を持《も》った人《ひと》がいました。

マヤはおなかがペコペコだったので、おじさんといっしょにおいしそうなにおいのするほうへ歩《ある》いていきます。

裕太《ゆうた》も啓太《けいた》も、マヤの最後《さいご》の姿《すがた》を忘《わす》れまいとジッと見《み》ていました。

そのときです。マヤがふっと後《うし》ろを振《ふ》り返《かえ》ったのです。二人《ふたり》はドキッとしましたが、一生《いっしょう》けんめい笑顔《えがお》をつくりました。

「マヤ、いいよ。食《た》べておいで」

裕太《ゆうた》が大《おお》きな声《こえ》を出《だ》したので、マヤは安心《あんしん》したのか、家《いえ》の中《なか》へ入《はい》っていきました。

それからおじさんに言《い》われた通《とお》り、走《はし》らないで普通《ふつう》に歩《ある》いて、お母《かあ》さんと明《あきら》さんが待《ま》っている車《くるま》のほうへ行《い》きました。

車《くるま》は静《しず》かに走《はし》り出《だ》しました。二人《ふたり》とも、涙《なみだ》が止《と》まりません。だまったままでした。あんまり静《しず》かで時《とき》が止《と》まったかのようでした。白《しろ》いさくではさまれた道《みち》はどこまでも続《つづ》いています。

二《に》〜三分《さんぷん》ほどたったときです。

「マヤだ！」

啓太《けいた》の大《おお》きな声《こえ》がしました。車《くるま》のあとをマヤがけんめいに追《お》いかけて走《はし》ってくるのです。

「明《あきら》さん、止《と》めて！　マヤだよ、マヤが追《お》いかけてきてる！」

裕太《ゆうた》の声《こえ》をかき消《け》すように、

「ダメ！　明《あきら》さん止《と》まっちゃダメ。このままスピードあげて！」

お母《かあ》さんが強《つよ》い口調《くちょう》で言《い》いました。

明《あきら》さんは真《ま》っすぐ前《まえ》を見《み》たまま、アクセルを踏《ふ》む足《あし》にグッと力《ちから》をこめました。どんどんスピードが上《あ》がります。だんだんマヤが離《はな》れていきます。あまりのスピードにマヤの茶色《ちゃいろ》い毛《け》が後《うし》ろに後《うし》ろになびきます。ソックスのような四本《よんほん》の白《しろ》い足《あし》が、ものすごい早《はや》さで上下《じょうげ》に動《うご》くのが見《み》えていました。

やがてその足《あし》の白《しろ》い部分《ぶぶん》だけしか見《み》えなくなりました。そして四《よっ》つの白《しろ》い点《てん》になりました。小《ちい》さい小《ちい》さい点《てん》に……。

最後《さいご》には完全《かんぜん》に見《み》えなくなりました。

裕太《ゆうた》も啓太《けいた》も「マヤ！　マヤ！」とさけび続《つづ》けていましたが、そのうち泣《な》き声《ごえ》に変《か》わり、そのあともしばらく泣《な》き続《つづ》けていました。

一〇分《じゅっぷん》ほどたったころ、お母《かあ》さんが後《うし》ろを振《ふ》り向《む》いて、

「おなかすいたわね。どこかで食事《しょくじ》しましょうか。何《なに》食《た》べたい？」

とやさしく聞《き》いたのですが、二人《ふたり》ともだまったままです。ハアッと小《ちい》さくため息《いき》をついて、うつむきました。

「この辺《へん》でおいしいところがあるんだって」

明《あきら》さんもバックミラーをのぞきこんで二人《ふたり》に話《はな》しかけますが、二人《ふたり》はだまったままです。

やがて海《うみ》が見《み》える白《しろ》いかべの小《ちい》さなレストランに着《つ》きました。席《せき》についても二人《ふたり》はだまりこんだままです。ランチバイキ

ングだったので、お母《かあ》さんが先《さき》にみんなの飲《の》み物《もの》やサラダを取《と》りに行《い》きました。明《あきら》さんがたずねました

「まだ怒《おこ》っているのか？」

「だって、マヤが追《お》いかけてきてるのに、お母《かあ》さんは止《と》めてくれなかった。お母《かあ》さんは意地悪《いじわる》だ」

「本当《ほんとう》にそう思《おも》っているのか？　裕太《ゆうた》、お前《まえ》もそう思《おも》っているのか？」

明《あきら》さんは二人《ふたり》をかわるがわる見《み》ながら二人《ふたり》にたずねました。

「あのとき、止《と》まってたらマヤはどうなるんだ？　この次《つぎ》は絶《ぜっ》対《たい》にお前《まえ》らから離《はな》れないぞ。また置《お》いてかれると思《おも》って……。

いつまでたってもマヤは牧場犬《ぼくじょうけん》になれないいんだぞ！　そんなのかわいそうだと思《おも》わないか？　マヤは大《おお》きな牧場《ぼくじょう》で毎日《まいにち》走《はし》りまわって牛《うし》や馬《うま》を追《お》いかける幸《しあわ》せな犬《いぬ》になりそこなってしまうんだよ」

「……」

明《あきら》さんの言《い》っていることはわかるのです。でも二人《ふたり》とも、言《こと》葉《ば》が出《で》ないのです。

「最後《さいご》、お前《まえ》たちの悲《かな》しそうな顔《かお》を見《み》ながら別《わか》れたら、マヤが思《おも》い出《だ》すお前《まえ》たちの顔《かお》もいつも悲《かな》しそうな顔《かお》になるんだぞ！」

裕太《ゆうた》が大《おお》きくうなずいて、

「わかった、啓太《けいた》。ぼくたちもごはんを取《と》りに行《い》こう！　お母《かあ》さん一人《ひとり》じゃ大変《たいへん》だ！」

そう言《い》いながら、二人《ふたり》はお母《かあ》さんがいるバイキング料理《りょうり》コーナーへ走《はし》っていきました。

エピローグ

その日《ひ》の夜《よる》は、お母《かあ》さんと裕太《ゆうた》と啓太《けいた》の三人《さんにん》で、ゆっくり晩《ばん》ごはんを食《た》べました。

裕太《ゆうた》には、前《まえ》からお母《かあ》さんに聞《き》いてみたいことがありました。

「お母《かあ》さん、マヤを連《つ》れてきた次《つぎ》の日《ひ》の夜《よる》から、ずっと夜中《よなか》にミルクあげてたの？」

「そうよ」

「ふ～ん、やっぱりそうか」

今度《こんど》は啓太《けいた》が聞《き》きました。

「お母《かあ》さんは子供《こども》のとき、犬《いぬ》を飼《か》ってた？」

「あたり！」

「ふ～ん、やっぱりそうか」

「お母《かあ》さんは動物《どうぶつ》がきらいなんだって、そう思《おも》ってたんじゃない？」

二人《ふたり》とも同時《どうじ》にうなづきました。

「お母《かあ》さんがまだあんたたちよりもっと小《ちい》さいころ、すごくかわいがってた犬《いぬ》がいたの。名前《なまえ》はハッピー。幸《しあわ》せにしてあげたくてね、だからハッピーって名前《なまえ》にしたんだけど……。まだお母《かあ》さんも五才《ごさい》くらいだったからね、ハッピーとずっといっしょにいられると思《おも》いこんでいたの。

でもね、犬《いぬ》の一生《いっしょう》は人間《にんげん》よりずっと短《みじか》いのよ。お母《かあ》さんが小《しょう》学校《がっこう》へ上《あ》がる前《まえ》に彼女《かのじょ》はさっさと大人《おとな》になって、さっさと子犬《こいぬ》生《う》んで母親《ははおや》になっちゃうし、やっと高校生《こうこうせい》になったばかりのある春《はる》の日《ひ》に、彼女《かのじょ》は一人《ひとり》で先《さき》に死《し》んじゃったの。お母《かあ》さんは大《おと》人《な》になるまでまだ五年《ごねん》もあるというのに……。

ちょうど家《いえ》の前《まえ》に大《おお》きな桜《さくら》の木《き》があって、ハッピーの犬小屋《いぬごや》にも、死《し》んだハッピーの体《からだ》にもピンクの花《はな》びらがいっぱいだった。悲《かな》しくて悲《かな》しくてごはんも食《た》べられなかったくらい。そのときね、お母《かあ》さん思《おも》ったの。こんなにつらい思《おも》いするんだったら、もう犬《いぬ》なんて飼《か》わない。絶対《ぜったい》飼《か》わないって……」

啓太《けいた》が言《い》いました。

「だから、あんなにマヤの世話《せわ》が上手《じょうず》だったんだね～」

「………。本当《ほんとう》のこと言《い》うとね、マヤにミルクをあげているときね、何《なん》だかハッピーが戻《もど》ってきたみたいですごくうれしかったのよ。う～んと小《ちい》さくて、切《せつ》なくなるほど、もろくて、ホワ～ンとしそうなほどあたたかくて……」

この日《ひ》はいろいろな体験《たいけん》をしました。泣《な》いたり笑《わら》ったり怒《おこ》ったり忙《いそが》しい日《ひ》でした。二人《ふたり》とも、なんだかホッとしてグッスリ寝《ね》ました。

啓太《けいた》は夢《ゆめ》を見《み》ました。真《ま》っ青《さお》な空《そら》と海《うみ》を背《せ》にどこまでも緑《みどり》の草原《そうげん》が続《つづ》いています。ここちよい風《かぜ》に吹《ふ》かれて、マヤと裕太《ゆうた》と啓太《けいた》が草原《そうげん》の中《なか》を走《はし》ります。走《はし》り疲《つか》れて寝転《ねころ》がりました。ゴロゴロ転《ころ》がって大《だい》の字《じ》になって空《そら》を見上《みあ》げました。まぶしくて目《め》を閉《と》じました。風《かぜ》の音《おと》が、木《こ》の葉《は》がざわめく音《おと》が、小《ちい》さな虫《むし》のとぶ羽音《はおと》までが、二人《ふたり》をやさしく包《つつ》みます。

ふっと目《め》を開《あ》けると、マヤがいません。あれ？　マヤはどこに行《い》ったの？　マヤはいつの間《ま》にか遠《とお》くで、牛《うし》や馬《うま》たちを追《お》いかけていました。あっちへ走《はし》ってワンワン、反対方向《はんたいほうこう》へ走《はし》ってワンワン、とても上手《じょうず》に集《あつ》めて、さくの中《なか》へ追《お》いこんでいます。

「マヤ、牧場犬《ぼくじょうけん》になれたんだ！」

二人《ふたり》は起《お》きあがって草《くさ》の上《うえ》に座《すわ》ったまま、ずっとマヤを見《み》ていました。マヤは一度《いちど》だけ二人《ふたり》のほうを見《み》て、「ワン」と吠《ほ》えました。それからまた追《お》いかけはじめました。牛《うし》も馬《うま》もマヤも小《ちい》さくなって見《み》えなくなってても二人《ふたり》はずっとマヤが消《き》えていった緑《みどり》の地平線《ちへいせん》を見続《みつづ》けていました。

半年《はんとし》がたちました。

スーパーも、スーパー裏《うら》の店長《てんちょう》さんの家《いえ》も、マヤの犬小屋《いぬごや》もみんななくなり、駐車場《ちゅうしゃじょう》へと変《か》わりました。

裕太《ゆうた》と啓太《けいた》は、公園《こうえん》に行《い》くときも、スノボーをしに行《い》くときも、自転車《じてんしゃ》をこぎながら、ついつい、マヤがいた犬小屋《いぬごや》のあたりを見《み》てしまいます。目《め》に入《はい》るのは、ブロックと金《かな》あみだけです。でも、確《たし》かにマヤはそこにいたのです。

目《め》をつむると二人《ふたり》には見《み》えるのです。むかえにきた裕太《ゆうた》と啓《けい》太《た》を見《み》つけ、ちぎれるほどシッポを振《ふ》ってうれしがっているマヤの姿《すがた》が……。

おわりに

この物語《ものがたり》は、もう25年以上《ねんいじょう》も前《まえ》に東京都《とうきょうと》の郊外《こうがい》で実際《じっさい》にあった出来事《できごと》です。息子《むすこ》たちに何度《なんど》も電話《でんわ》をしながら、記憶《きおく》の糸《いと》をたぐり寄《よ》せ、やっと書《か》き上《あ》げました。

当時《とうじ》のペット状況《じょうきょう》は、今《いま》とは大違《おおちが》いでした。まだまだ「ペットはモノだ」という考《かんが》えが強《つよ》かった時代《じだい》で、「ペットの権利《けんり》」が今《いま》ほど重視《じゅうし》されていなかったため、捨《す》て犬《いぬ》や捨《す》て猫《ねこ》は今《いま》よりもずっと多《おお》かったように思《おも》います。マヤが捨《す》てられていたのも、そんな時代《じだい》でした。

私《わたし》は、生《う》まれたての子犬《こいぬ》や子猫《こねこ》を捨《す》てるくらいなら、最初《さいしょ》から飼《か》う資格《しかく》はないと常々《つねづね》思《おも》っています。この本《ほん》に書《か》いてあるように、マヤはやむなく手放《てばな》さざるを得《え》なくなり、牧場《ぼくじょう》にもらわれていきましたが、これは本当《ほんとう》に希《まれ》なケースだと思《おも》うのです。私《わたし》がこの本《ほん》の中《なか》で訴《うった》えたかったのは、「命《いのち》を捨《す》てるな！」というメッセージなのです。

「マヤが一人前《いちにんまえ》の牧場犬《ぼくじょうけん》になったら、そーっと逢《あ》いに行《い》こうね」

息子《むすこ》たちにはそう言《い》っていたのですが、その後《ご》、遠《とお》い鹿児島県《かごしまけん》に引《ひ》っ越《こ》すことになってしまい、結局《けっきょく》マヤとは最後《さいご》まで逢《あ》うことができませんでした。でも私《わたし》は、それでよかったのだと思《おも》っています。息子《むすこ》たちが飼《か》い主《ぬし》でいることができなくなった以上《いじょう》、一日《いちにち》でも早《はや》く新《あたら》しい飼《か》い主《ぬし》に慣《な》れ、かわいがってもらうことが、マヤにとって一番幸《いちばんしあわ》せだと思《おも》うからです。

後《のち》に、マヤはちゃんと牧場犬《ぼくじょうけん》をしているとの情報《じょうほう》を人《ひと》づてに得《え》ました。そのときは本当《ほんとう》に嬉《うれ》しく、そしてホッとしたものです。

今《いま》ではもう、マヤやその周辺《しゅうへん》の方《かた》たちと連絡《れんらく》を取《と》る術《すべ》はなくなってしまいましたが、私《わたし》や息子《むすこ》たちの心《こころ》の中《なか》で、マヤはいつまでも生《い》き続《つづ》けているのです。

●作者紹介　中島 晶子（なかじま しょうこ）

1950 年、鹿児島生まれ。東京都立第二商業高校卒。事務職を半年経て、原宿デザイン学院でデザインを学ぶ。
1970 年、サンケイ広告入社。翌年結婚のため退職。２児を設ける。
1981 年、離婚。フリーのＰＯＰライターとして、在宅でポスターや看板などを製作。
1986 年、鹿児島へ移住。現在、大手小売業チェーン店舗のＰＯＰライターとして勤務。

●画家紹介　つるみ ゆき（つるみ ゆき）

東京に生まれる。
東京学芸大学美術科卒。日本児童出版美術家連盟会員。
絵本に『ノアおじさん』『おじいさんとクリスマスの星』『ふしぎなオルゴール』『ゆうやけいろのくま』『わーい　おばあちゃんのパン』（至光社）、『風がはこんだクリスマス』『ピポともりのなかまのクリスマス』（サンパウロ）などがある。

なかよし兄弟《きょうだい》、子犬《こいぬ》のいのちを救《すく》え！

牧場犬《ぼくじょうけん》になったマヤ

平成 19 年 7 月 31 日　第 1 刷発行

ISBN　978-4-89295-567-9 C8093

発行者　日高　裕明
発行所　ハート出版

〒171-0014
東京都豊島区池袋 3-9-23
TEL・03-3590-6077　FAX・03-3590-6078
ハート出版ホームページ http://www.810.co.jp/

印刷　中央精版印刷

★乱丁、落丁はお取りかえします。その他お気づきの点がございましたら、お知らせください。

編集担当／西山